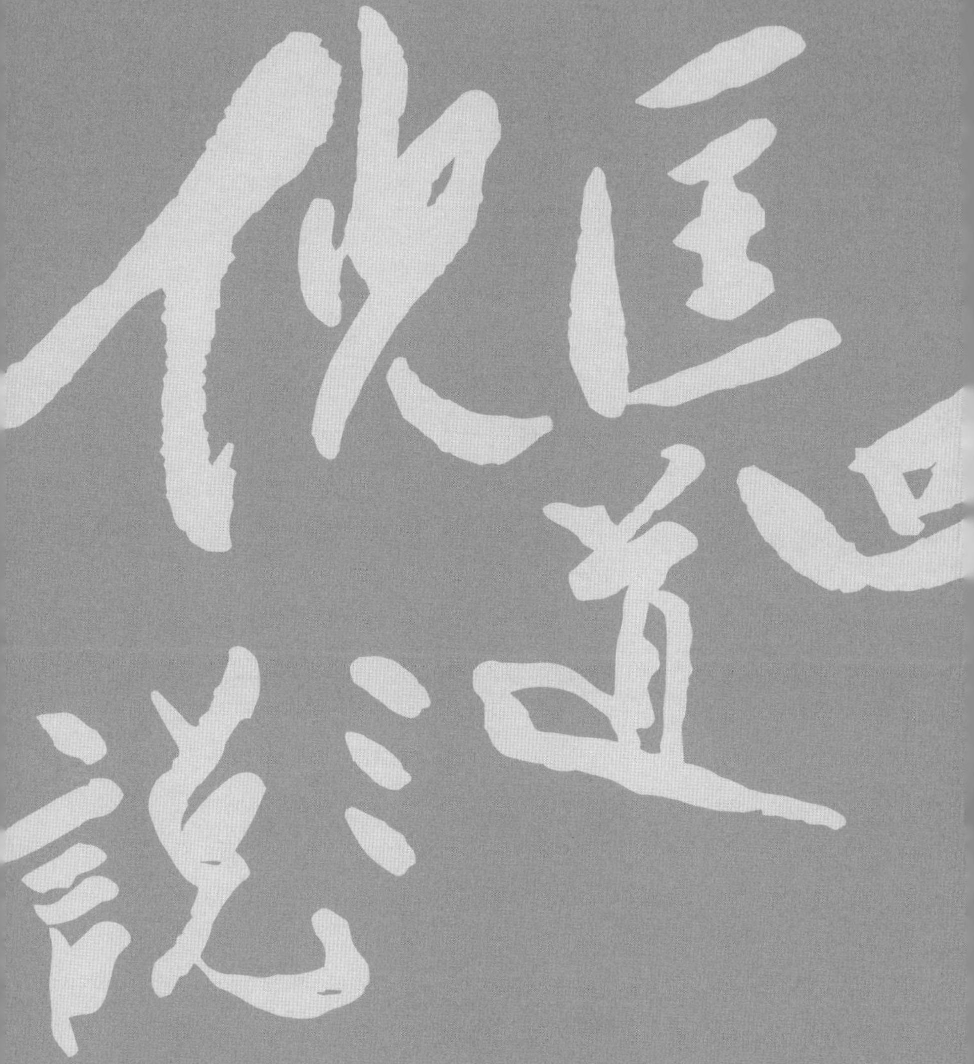

# 倪匡說三道四

## 人間

倪匡經典散文
精選集 2

新版序

# 一以貫之

出版社要為四本舊作散文出新版，照例要寫新序。自從寫作配額告罄以來，一聽到要寫什麼，立刻頭如斗大，苦惱不已，避之唯恐不及。但自己作品，說明一下，推無可推，只好硬上。

其實也真沒什麼好說的，都是陳年舊作，自己連再看一遍都不想，可說的好處是，文中所表達的觀點、立場、愛憎、喜怨，都一以貫之，無絲毫變更，讀友喜的仍會喜，不喜的當然依然不喜。這一點絕對可以保證，開卷前請留意，勿在事後埋怨。

是為序。

八六匕翁　蛟川倪匡　20210522　香港

自報名頭囉裏囉嗦一大串，大有金庸筆下「太岳四俠」之風，堪發一噱。

序

# 檻內檻外都是情

倪匡

若干年之前，人屆中年，忽然開始撰寫了一批抒情文字，很怪。因為寫這類文字，大多數是青年，甚或是少年人的作為。中年，是人生的另一層次，沒有了青年那種噴發的激情，就算未曾看透世情，也應該已經進入了世情之內，不再在世情之外了。

或許，正由於如此，才和激情有差別，從另一層次來體會——層次無所謂高下，只是不同，從不同的層次，可以體會到不同的感情，這個層次的感情，直接而實在，風花雪月，都不同，但又都同是情。

現在，重看，當然人生又已進入了另一個境界：什麼都不必說了——默然無言，不也是情嗎？

〇六十二〇七 香港

# 檻內檻外都是情

若干年之前，人屆中年，自然而然撰寫了一批抒情文字，結集。因為寫這類文字，大多數是青年，甚至是少年人的作為。中年，是人生的另一層次，沒有了青年那種噴發的激情，就算未曾看透世情，也應該已經進入了世情之內，不再在世情之外了。

或許，正由於如此，才知激情有分別，從另一層次來體會——層次無所謂高下，只是不同，從不同的層次，可以體會到不同的感情，不同層次的感情，真摯而實在，風花雪月，都不同，但又都同是情。

現在，重看，甚想人生又已進入了另一個境界，千言都不必說了——默然無言，不也是情嗎。

倪匡

序

# 為《倪匡說三道四》作序

蔡瀾

倪匡兄由三藩市回來了，掀起一陣倪匡熱潮，各大出版社紛紛重印他的舊作，《衛斯理××》賣個滿堂紅，當然又對他的散文打主意了。

我一向喜歡他老兄的散文多於小說，倪匡兄老早已踏入不必虛偽的境界，句句真言，看得非常過癮。

但散文集已成絕版，我在寫他的事蹟想找來做參考，亦難覓。向他老人家要，回答說沒有什麼好存的，連他也沒有，最後好在出現了一個有心人贈書，才能重讀。各位想看，也不必傷腦筋了。「明窗出版社」重新印製，編成系列，要我在新版上作序。出版《老友寫老友》時，倪匡兄自告奮勇為我寫序，現在輪到我了，互不相欠。

寫些什麼呢？只知他在科幻小說中甚少談及男女私情，這些遺漏都在散文中填補，但不易看出，唯在細讀，才感受其浪漫，這絕非年輕愛情小說作家書中所能描述。

散文中也充滿了人生哲學，像倪匡兄說到心痛，說那不是真痛，不去想，就不會痛了。真正的痛，是人家拿刀子在你身上捅了一下，才會痛。這種痛，把「必理痛」或「散利痛」藥丸當花生吃，即能醫好。除了哲理，還很幽默，讓人看了笑破肚皮。

書中其他妙語甚多，年輕人想出書賣錢，但說找不到題材寫，又寫不出，對這些人，我有個提議：不會寫就別寫了，乾脆花時間和功夫去記錄倪匡兄的言論，當成《倪匡金句》，出版商聽了一定大感興趣。

別人認為怪論，我聽了覺得一點也不怪。但衛道者絕不認同，說他是大作家，怎麼教壞孩子？這才是笑話，要是一兩篇散文有那麼大的影響，每天七八小時的教育制度，就徹底地失敗了。

「書只分兩種：好看的，和不好看的。」倪匡兄說。一點也不錯，他的散文真好看，我擔保。

# 目錄

## 第一輯　可笑

## 第二輯　生活體驗



## 第三輯　遊戲人間

## 第四輯 處世

## 第五輯　人生酒庫

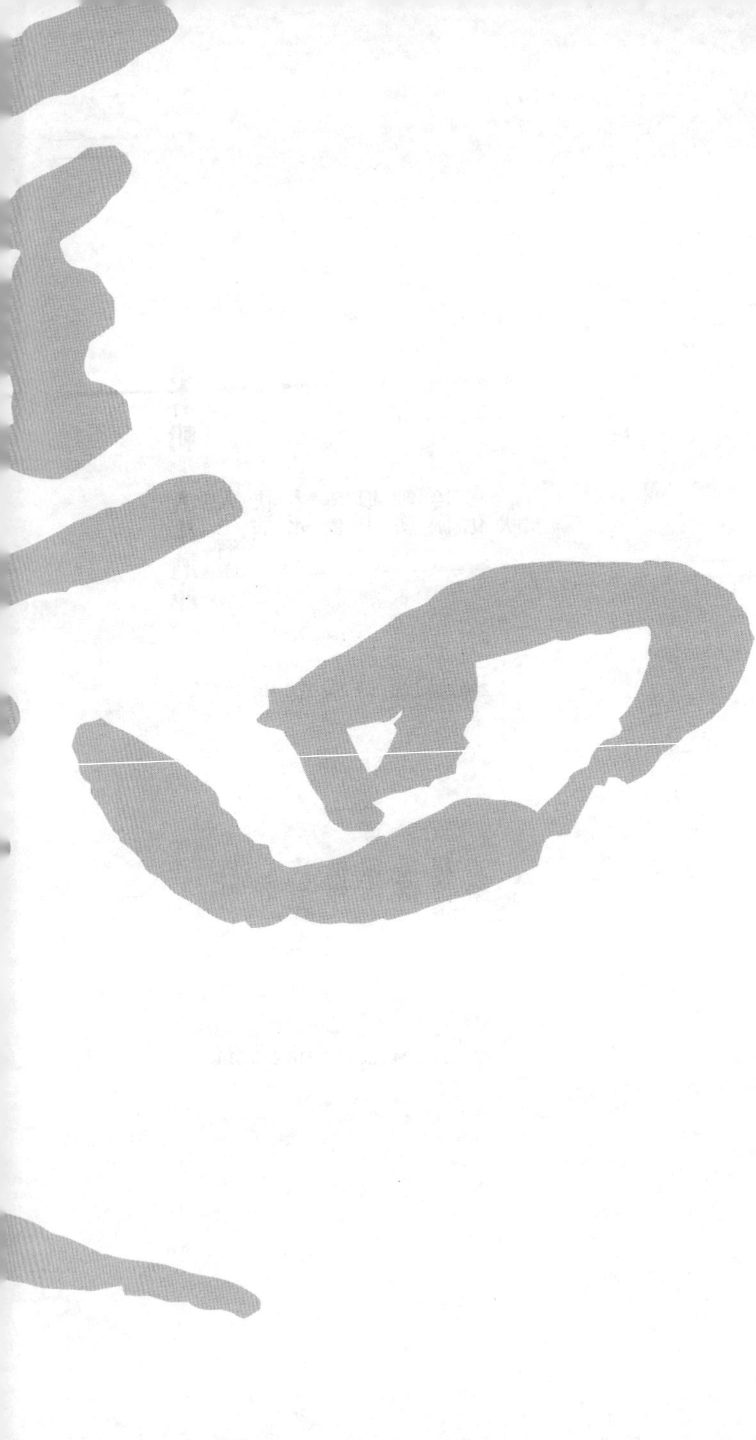

## 第一輯

# 可笑

# 喝酒抽煙

喝酒害肝，不喝酒傷心。

中國文字十分巧妙，害肝是實際的，傷心是抽象的，可是都借用了人體內臟器官。酒喝多了對肝臟造成傷害，是盡人皆知的醫學常理，然則，為什麼還要喝，而且大量地喝呢？答案就在：不喝酒傷心。

文字遊戲還可以繼續，不喝酒傷心，喝了就不傷心嗎？非也非也，喝了之後如何如何，那是另外一件事，和要不要喝無關。

快樂的人是不會大量喝酒的，不喝酒傷心的人，才大量喝酒。

請注意：只是說不喝酒傷心，並不曾說喝了酒就可以不傷心。又請注意：這其實是一句老話，不是創作，只不過大有同感，所以常說。

**抽煙壞肺，不抽煙斷腸。**

一模一樣的文字遊戲，有點不同的是，「抽煙有害健康」說日益流行，似乎一面倒，沒有反對的意見，其實不然，澳洲有一位醫生，就曾著書立說，大談抽煙的好處。

人各有志，大可自由選擇。

# 減肥

**減肥的唯二方法，就是少吃，盡量少吃！**

出奇地怕胖——因為曾經胖過。二十年前，忽然戒煙，體重直線上升，腰圍達到九十二公分，胖得無法微彎腰寫字，幾乎無以為生，於是發奮減肥，遍求良方，再告以勤作運動者，再告以鹽水束腰者，方法之多，成百上千。一日問到金庸，他說：少吃，不吃，一定瘦的，凡是自集中營出來的有胖子？

一言驚醒減肥人，於是厲行節食，幾乎餓至昏厥，但真正有效，一年不到，腰圍已到七十五公分。自己以為，一直處在節食狀態之中，怕胖怕得要死。而妙的是，愈是怕胖，愈是容易胖，一不小心，一個星期下來，體重可增加三公斤，這三公斤再要減下來，至少一個月，所以，盡量少吃，是減肥的唯二方法，還有一個方法，十分先進科學，但不會敢去試，辦法是移殖蛔蟲入腸臟，以減少營養的吸收，想起肚子中養了一窩蟲，還是少吃一點算了。

想減肥的人相當多，所以提供這一良方，運動能使肌肉紮實，絕不能減肥，花大量錢去減肥，而無非是少吃而已，道理極簡單鮮明，可是肯依方實行的人不多，也算是知易行難的一個典型。

# 失眠

**睡不着，最好的辦法是別睡。**

失眠是十分惱人的一種病態，討厭之極，睡覺不來，怎麼作法也沒有用，就像瞌睡起來，雖然懸樑刺股也沒有多大用處一樣。

自然，治失眠的方法也相當多，例如飲「適量」的酒，「適量」也者，喝到仆低為止，不睡也睡着了。又例如服食安眠藥，醫學昌明，有許多種安眠藥可供選擇，但可惜的是，吞服了之後，果然很快入睡，但不一會，藥性一失，又清醒如故了。若是服食太多，又怕有副作用。

所以，每到睡不着的時候，最好別睡。可以起來活動、做事，可以躺在牀上，看書或整晚閉着眼睛，胡思亂想，打發時間。

就算明天有繁多的工作，也可以一樣用那種方法，人其實並不是那麼需要睡眠，幾個晚上不睡，不會有什麼大事件，而在幾個晚上睡不着之後，總有一個晚上，會睡得像死了一樣的。

「睡不着，最好是別睡」這句話中的「睡」字，可以代入任何動詞，皆合乎「自在、放下」之理。

# 不想睡

這一天就沒有了

有時，分明夜已極深，人也極倦，這一天該做的事情做了，該想的事也都想了，剩下來唯一可做的事，就是上牀睡覺。

可是，就是不想睡，硬撐着，不想睡。

睡覺這本來是人的生活中不可缺少的一個組成部分，人人都要睡覺，似乎沒有什麼人可以例外，大家都以為理所當然，所以也很少有人想到，睡覺會形成一個十分可怕的現象，就是：只要一睡下去，就是這一天的結束，這一天，就宣告終結，就在你一生若干日的生命之中勾銷，你的生命就少了一點！

這種現象，何其可怕！所以每當一想起，就不肯去睡，不睡，這一天就還能延續下去，至少在感覺上，這一天的生命還存在，而不是勾銷了。

當然，用不肯去睡覺來和生命的逐漸消失來對抗，一點用處也沒有，必然失敗，但每當想到生命逐日勾銷的可怕時，還是機伶伶地打寒顫，不肯去睡，使一日的生命，作最後的殘照。

有人說，生命是很殘忍的，真是一點不假。

# 身體

人體結構，十分落後。

清明節前兩天，在好友墓前，徘徊良久，忽然想起，人枉為地球上最高級的生物，人身體的結構，實在十分落後，落後到了細想一想，簡直到了令人難以置信的地步。

人活着，最重要的是腦部活動，其他身體各部分的活動，皆由腦部活動而來，可是由於身體結構的落後和複雜，身體的各個部分，反而成了腦部的沉重負擔，甚至由於某些器官出了毛病，而導致生命的結束。

一個人，腦部活動仍然正常，仍然清醒，仍然可以有思想，甚至是十分超卓的思想，但是他的肝硬化了，或是腎出了什麼不正常的狀況，就這樣，他的生活就會結束，他的腦部活動也停止，他就不再存在——這種情形，實在不能稱之為人體結構是一種進步的結構。

人體之中，出了毛病而可以導致死亡的部分，不知有多少，而這些器官，在人的生命上，都是佔次要地位，都應該是為人生命的主要部分——腦部，提供活動條件的，而居然在極多情形下，會拖累腦部停止活動。

真是落後！

# 氣味

## 能勾起各種回憶

氣味，是一種十分奇特的現象——氣味不是東西，它看不見，摸不着，無法將之固定、分析，它雖然由物質所形成，但是又脫離物質而成為一種獨立的現象。

這種現象，只能憑生物的嗅覺，才能察覺到它的存在，沒有了嗅覺，世上也就沒有了氣味這種現象。而世上有許多氣味，人類是聞不到的，因為人類的嗅覺器官不是很靈敏，辨別嗅覺的本領也不是很高，大約只有狗的十分之一，所以，狗能夠聞到的氣味，遠超過人。

氣味經由嗅覺器官感覺到了之後，還要經過人腦嗅覺神經的分析，再根據各人的性格愛好，來判斷是香是臭，是接受還是拒絕。

有時，氣味甚至是莫名其妙，難以形容的，例如春的氣息，如何形容呢？但人人都可以感覺得到。秋天的乾爽，也會形成一種特殊的氣味。

氣味，最能勾起回憶：在一種氣味下，發生過一些事，當時，或許根本不曾留意到在發生那件事時有這樣的氣味在。但是在過了若干時日之後，又有這樣的氣味在鼻端飄過時，就自然而然，會憶起那件曾發生過的事來，奇妙無比，無可解釋。

# 體香

體香人人不同，一如外型。

上次提及氣味，自然聯想到自人的身體中散發出來的氣味，通稱「體香」者是。

每個人自然的身體的氣味，都不相同，就和每一個人的外型一樣。自然，要分別這個人的氣味和那個人的氣味有什麼不同，比分別這個人的臉和那個人的臉有什麼不同，要困難得多，必須要有長時期的、十分親近的身體接觸，才能有結果。

自人體散發出來的氣味——自然的、發自人體的，而不是發自附在人體上的污垢的，例如多日不沐浴造成的異味，不能算是體香——有無數種，而且奇妙之極的是，發出的氣味是不變的，但是聞到氣味的人，卻可以有許多種不同的反應，有的會掩鼻，有的覺得好聞，有的聞了無動於衷，有的聞了，會熱情興奮，每一個人的反應不一，反應的好惡，又和聞到的人對發出體香的人的感情深淺程度，成正比例。

也就是說，愛的、感情好的，對方的體香，一定當作至高無上的享受，愛得愈深，就愈是會喜歡對方身體發出的氣味。

相愛的男女，都可以證明這一點。

# 女體

## 當然應該能引起男性的性衝動

有美女，拍了一輯裸體相片，好評潮湧，不過所有好評，看了之後，頗難明白是真的在稱讚，還是在曲意侮辱。因為所見的「讚語」，幾乎都強調這輯美女裸體照片「純潔」而不淫褻，看了不會令人想入非非云云。

不知道「淫褻」是何所指，如果說，那是指男性的性衝動而言，就有些難以明白對這輯裸露的女體照片是稱讚還是侮辱了。因為，一個成熟、美麗的女人身體（男人身體亦一樣），目的就是為了誘發男性的性衝動而存在的，女性（男性也一樣）到了成熟的、可以進行性行為的年齡，一切的美麗，皆為吸引異性而生，豪乳纖腰，圓臀長腿，乃至眉梢眼角，一顰一笑，都為了達到一個目的：引發異性的性衝動。

這是人類作為生物之一的生物本能，決非任何道德夫子三皇五帝可以抹殺的。

而今，一輯美女的裸體照片，竟然起不到可以誘發男性性衝動的效果，被一致讚為「健康」、「如嬰兒之出浴」，而裸照上又實實在在是一個成熟女性，這，不是有人在說謊，就是存心對美女的侮辱，二者必居其一！

# 裸體

**露體是商業行為，當然可以任意進行。**

近來，很有些女性，拍攝全裸或大半裸的玉照刊於雜誌，結集成書。自然，也有一些道德夫子，在大飽眼福之後，要搖頭作狀嘆息一番，要感歎道德淪落一番，說不定鬧得不好，還要再勞動一些人進行一次「焚書」。

道德夫子的反應如何，大可不理。原因是：露父母給予的清白之軀，自然可以。絕沒有什麼不對，誰自己喜歡，又有人相邀，可以把自己的身體，暴露在陽光之下，或燈光之下，拍成一輯又一輯的照片，供自己或他人欣賞，任何非議單打，皆可不理不睬。

但，自然，既然做了一件事，是面對公眾的，那就必然得接受公眾就這件事的批評。例如裸照中人，是媸是妍，面貌是圓是長，身材標青普通，公眾皆有出言批評之權，公眾批評的不是這件事的本身，而是這件事給公眾的印象，露體人自然要有這個心理準備。

露體，也是一種互利的行為，和一切其他任何商業行為一樣，原則不變，有賣方和買方，商業行為是人類的普通行為，自然可以任意進行。

# 罪過

裸體見佛，大有禪意。

一個佛教儀式中，有女性穿了低胸衫，見者大譁，女性也以為自己真的犯了什麼過錯，誠惶誠恐道歉。佛教教義，本來不易理解，所以才會有這種情形發生，塵俗之見，本是如此，倒也不足為怪，只是有點罪過。

佛眼中看出來，所有形體，皆是一般，蚱蜢毋須以草蔽體，人也毋須以衣蔽體，蚱蜢和人，都是身體，裸體見佛，大有禪意，佛必不嗔，嗔的只是俗人。

《華嚴經》釋「色相」云：「無邊色相，圓滿光明。」
《楞嚴經》釋「色相」云：「雜諸色相，無分別性。」

色相指一切事物的形狀外貌而言，俗世見不得女人身體（也不是真見不得），一見便以為邪、便以為惡、便以為佛也如此，那正是俗世的邪心惡心，與佛無尤，與女人身體無尤，兩者都自然寶相莊嚴。

禪宗信徒，多有稱達摩為「某甲」者，照世俗心意，那是大不敬，然而某甲也好，某乙也好，無非只是某丙而已。

若硬把俗見當佛理，更是罪過之極，作孽之甚！

# 買笑

## 目的就是買笑

有些女性不明白，男性何以那麼喜歡買笑——用了「買笑」這樣文雅的名詞，內容自然十分複雜，不一一列舉出來了。

她們不明白的理由是：明知一定是假的，還會上當，這種男人真笨！

買笑的男人笨嗎？當然不笨。買笑的目的，就是買笑，只要是「笑」，管它真的假的，誰還會去作深入的研究調查，求證一番？

買笑，是得到所需的一種最直接的方式，尤其在如今，賣笑者絕大多數是自願的情形下，只要出足價錢，保證不會令買笑者失望，直截了當，不必試探，不必擔心拒絕，不必怕勞而無功，把可能要經年累月才有點苗頭的事，在三分鐘之間解決。賣笑業能如此鼎盛，自古已然，於今尤烈，豈是沒有原因的？

那些不明白的女性，要她們明白，真不是容易的，當她們還在作這狀作那狀，還在考驗折磨男性之際，男性早已知道什麼途徑，才能更使自己身心舒暢了。

至於真、假，「歷史遺留下來的問題」，誰會急於探索？

# 壞

## 何壞之有？

梅艷芳新歌，林振強作詞，《壞女孩》，頗受假道學者批評，「意識不良」云云，「聯想到不良行為」云云，聒噪之士，也頓有一陣熱鬧，可是，假道學根本連歌詞的意思都沒有弄懂，就叫嚷起來，未免令人失笑。

歌詞中的「淑女今夜也想變壞」中的那個「壞」，只不過是一種口語化的借用詞，傳統口語之中，提及男女間的關係時，喜歡掩掩遮遮，作含羞答答狀，以增加情趣，若是有女孩指着男孩子的額角，嬌聲說：「你壞！」時，當她真的是在說對方壞，自然愚笨之極，假道學就在扮演這種愚笨的角色。

歌詞使人聯想到的是，在一個氣氛浪漫之夜，一個女孩身邊有了合意的異性，耳鬢廝磨，肌膚相觸，令她心神蕩漾，不克自制，這是上乘的情歌歌詞。女孩子還在竭力克制自己，就算結果是克制不住，也是人類天性的自然發展，非常合乎自然。

若是把人類的性行為當成「壞」，那麼，人類自此絕種，假道學提倡的道德，只好讓草木石頭去遵守了！性行為，何壞之有？

# 豪門

**嫁入豪門，和嫁入任何門一樣。**

美女嫁入豪門（醜女嫁入豪門的機會只怕不多，除非她本身就是豪門，那是豪門與豪門的聯合，自然和嫁入豪門所代表的意義不同。）往往會引起非議，這種非議，自然是由於欣羨妒嫉而來的。

一旦，嫁入豪門的美女，有了婚姻上的不愉快，譏嘲之議就更多，大抵類如：「看，嫁入豪門，以為從此飛上枝頭變鳳凰，結果就是這樣！」

這種譏嘲，自然十分可笑。婚姻是不是如意，和是不是和豪門子弟結婚，絕沒有直接的關係。豪門婚姻，可以是好的，也可以是壞的，可以是中等的，也可以是極好的，也可以是極壞的。豪門婚姻，只是一種婚姻，和其他任何形式的婚姻，並無二然。

所以，嫁入豪門的美女如果在婚姻上有了不如意，問題不在於豪門，而在於婚姻，而天下，十全十美的婚姻相當少，豪門婚姻出問題的比例並不特別高，幸災樂禍者，大可不必在這方面大做文章。

事實上，美女若有嫁入豪門的機會，大抵不會輕易放棄。這種現象，過去是，現在是，將來也是。

# 寶劍

**真要揮劍，仍是愚魯。**

一直很喜歡劍，早十多年，有一柄「雙劍」，其實是兩柄，但在一個劍鞘之中，棗木鞘，白銅吞口，劍身又薄又軟，可以作弧度相當大的彎曲，和一般中國劍大不相同。後來，送給了一位更愛劍的朋友。

因此一直在留心，再想找一柄劍，近來，找到一柄西洋劍，據稱是拿破崙傍身劍的複製品，鍍金劍柄，閃亮的劍身，極盡華麗的能事，也可以在劍身上感到現代冶金術的成就，沉甸甸地，很給人以一種威武之感。只是奇在沒有劍鞘——不知拿破崙是怎樣懸掛在身邊的？

有言云「寶劍贈英雄」，劍和英雄，似乎有不可分割的關係，但那只是淺見，正如它的下一句「紅粉贈佳人」一樣：既是佳人，何需紅粉；若是英雄，也就不必需要寶劍，看來是可有可無的吧。

但劍的形狀和聯想，這是十分浪漫的，劍甚至可以斷情的——揮慧劍，斬情絲。劍上加了一個慧字，作用就大不相同了，然而世人若有慧根，只怕不必揮劍，情絲要連就連，要斷就斷了，真要揮劍去斷的，已經不是什麼聰慧之舉，仍然愚魯得很！

# 女權

**既屬自願，何必多說。**

常聽說「女權運動」，也常見到一些女權運動者的主張和行動，都有十分多餘之感。男人和女人，只要在法律上達到了平等地位，就是男女平等了——如果真有男女平等這回事的話。

現在，在文明進步的地區，如香港，女人若是還有些地方，自覺不如男人享有的那麼多，也根本不必爭取，只要照着去做是，沒有什麼力量可以阻攔。不去做，只是自己不願做，並不是受了什麼力量的阻攔。

既然是女性基於心理方面的不同而主動放棄的，又怎可以說是女人不如男人呢？有很多事，男人在做，女人不想做，純是各自的選擇，若是強迫所有的女人都去做男人同樣在做的事，那才苦不堪言。

男人和女人，是截然不同的兩種人，在行為上是無法全然一致的，歷史上有過女性受歧視的時代，地域上也有着女性受壓迫的地方，但是在香港，看不出有任何使女性受委屈之處——如果有的女性，覺得受委屈，請細想一下，委屈，只怕還是自願的！

不想受委屈，只管擺脫，一定成功。

# 劃一

## 最討厭穿制服

最討厭穿制服，原因之一，是在最應該、最有資格打扮的年輕時期，穿了好幾年制服之故。即使在穿制服的年月之中，也必然要在制服之上變些小花樣，務求略有變異，不那麼整齊劃一。

原因之二，自然是生性不喜歡雷同，不喜制服只不過是其中的一個表面現象，內心對一切劃一有反感，才是真正的原因。因為不論是服飾上的劃一，或是思想上的劃一，行動上的劃一，豈止單調而已，簡直十分之可怕，要有諸多花樣，人生才豐富多彩，世界才變化多姿。

只有低等生物，才受了遺傳因子的影響而生活是毫無例外的劃一的，十七年蟬在土中一定要經過十七年才能成蟲，不會是十六年或十八年，尺蠖一定是先把背拱起來，再放直身子，才能前進，不會是放直身子來行。人是高級生物，才能突破劃一，這是人的能力，不能輕易放棄。

可惜，在非硬性規定要穿制服的地方，一色的深灰衣服，加一條領帶的場合，也經常可見，這是不是表現人其實內心深處，都有追求劃一的趨勢呢？如果真是這樣，不想劃一的人，實在十分寂寞。

# 衣服

**是人穿衣服，別讓衣服穿人。**

一直以來，穿衣服的原則，是堅持「人穿衣服」，而不讓「衣服穿人」。不過，很多時，看到的情形是衣服穿人，尤其是在某一種服飾，忽然之間大為流行之際，這種情形更是普遍，明明這種服飾，並不適合穿着，穿了之後，或不好看，或不舒服，但為了「適合潮流」，仍然照穿如儀，人變成了反而為衣服所綁，本末倒置，莫此為甚，可是大多數人，未能免俗，實在可惜。

## 年紀愈大，打扮愈怪

穿衣服，要博他人的好評，是一樁十分困難的事，大可不必刻意追求。每一個人穿了衣服之後，都會照鏡子，可知一定是先求自己滿意，然後再考慮他人的觀感如何的。

既然如此，衣服式樣顏色等等，是求自己滿意，自己照鏡子之時看來覺得順眼就可以了，絕不必去理會他人看來如何。

一直以來，都持此原則，所以頗有以為奇裝異服者，而且一年復一年，其「怪」的程度，愈來愈甚，所以一遇到有詫異的目光，即以此說為對，好在香港是自由社會，倒也相安無事。

# 舊照片

## 留住了一剎那

小女孩看舊照片，看到了她嬰兒時的留影，就嚷叫：「這是我小時的照片！」其實，看照片時，她也不超過十歲，如果當她在這樣叫的時候，再替她拍一張照片，再過十年，或更久，她再看的時候，感觸自然又大不相同了。

攝影術真是人類偉大的發明之一，但可惜發明得太遲了一些，以致許多歷史人物、歷史事件，沒有真正準確的記錄下來。而自從攝影術發明了之後，人類才有可能把發生過的一剎那長久地留下來，隨時可以拿出來看看。

任何照片，在拍照的時候，那一瞬間和一生之中無數的那一瞬間，並沒有什麼不同，是人人都有，都不會吝嗇付出，都不會重視的一瞬間，一個人一生之中，不知有多少一瞬間是被浪費掉的。直到日後看照片時，才知道，那平凡的一瞬，那在當時一點也未曾加以重視的一瞬，實際上是如何的寶貴！

因為那一瞬，再也不會回來了，再也不會屬於你的了，它只停留在照片上，成為你記憶中的一部分，這個曾經是人一生所擁有的時間的二十億分之一，就這樣留在照片上，甚至，到人生命結束了，它往往還留在照片上！

# 照片

## 照片是很真實的

照片，是很真實的。常聽得愛拍照的人說：怎麼這照片把我拍得那麼難看，或許是照片中的人看起來十分難看，但是難看的原因也是有一個：在拍照的時候，被拍者本來就是很難看，就在那一剎間，攝影機通過一連串的物理、化學和機械的運作，把本來難看的形象，真實地記錄了下來，於是，有一張看起來難看的照片，不會有第二個原因。

要照片中的人或情景好看，先決條件是照片中的人或情景本來就是好看的。

## 照片是很虛偽的

才說完照片真實，又說照片虛偽，矛盾乎？不矛盾。通過各種各樣的手段，可以使難看的人或景物，出現在照片上，變成美麗，虛偽的程度之高，有超乎想像之外者。

但是那沒有用，難看的，始終難看，在照片上看起來好看了，絕不代表真的也會變好看，那只是虛偽的現象，只能在心理上得到阿Q的滿足，絕無法改變事實的萬分之一。

# 兒童讀物

**兒童或少年，會自己選擇讀物，不必為他們特別準備。**

任何成年人，都必然經過兒童或少年時期。成年人不妨細心回想一下：當自己是兒童或是少年的時候，看的是一些什麼書。想了之後，自然會明白，當時的讀物，全是自行選擇的，不是很肯接受他人的特別安排。

特別為兒童或少年安排讀物的，全是成年人，成年人自以為知道兒童或少年人的口味，刻意幼稚天真，結果是完全不是那麼一回事，兒童和少年對這一點興趣也沒有，照看他們心目中的「不良刊物」如故，真是一大諷刺。

兒童或少年是根據什麼原則去選擇讀物的呢？成年人永遠無法知道，即使成年人都經過兒童或少年時期，但是每一代的兒童和少年的興趣，截然不同，這一代的兒童或少年的興趣是什麼，只有他們自己知道，成年人問，也問不出來——正因為他們是兒童和少年，所以他們自己也說不上來。

自然，總的原則是不變，讀物本身一定要有趣，這是十分重要的一點，來不及向兒童或少年傾銷成年人自己也做不到的道德文章，頗有慘不忍睹之象。

讓孩子自己選擇讀物，別強迫他們接受什麼，強迫了也沒有用的。

# 迎合

## 迎合讀者口味這句話是不成立的

常被一些訪問者所問及一個問題是：你寫小說，是不是刻意迎合讀者口味呢？

遇到被問及這個問題時，就用這一句話回答。

這個問題，實在是一個蠢問題，因為正如這句話所說的那樣：「迎合讀者口味」這種行為是不成立的，沒有一個寫作人有能力可迎合讀者口味，若有，這個寫作人可以立時三刻，成為天下一大巨富——他的作品若能迎合讀者口味，使廣大讀者喜歡，全世界人都讚他的作品，這是十分容易想像出來的一種情形。

寫作人在寫作時，都努力想把自己的作品寫得最好，至於寫出來是不是好，一來要靠寫作人的能力，二來，藝術作品很難有標準作好或壞的衡量，只好依據受讀者歡迎與否的程度來定奪。而讀者是不是喜歡這一點，寫作人當然無法控制，主宰是在讀者這一邊的。

寫作人能做得到的是盡量發揮自己的才能，迎合讀者趣味，沒有人做得到。

作品若擁有大量讀者，都只是由於讀者恰好喜歡了這部作品而已。

# 保密

是私人的事，人人都有權保祖宗三十六代的密。和公眾有關的事，一小撮人鬼頭鬼腦保密，就是這一小撮人不懷好意，有意弄權，使他們成為特權，使他們成為特權階級。

人人皆有隱私，私人的秘密，絕對有權嚴密保守，他人若是心存刺探，行為就可恥之甚。但是和公眾有關的事，若是一小撮人要向公眾保密，那麼，這一小撮人，就其心可誅。

和公眾有關的事，必須一樁樁，一件件，來龍去脈，都為公眾所知，公眾絕對有知道一小撮人在幹些什麼的權利。這一小撮人如果以保密為藉口而不肯告訴公眾他們做了一些什麼，公眾心中也就十分明白：這些人，在他們還沒有什麼權力的時候，已經在開始弄權了。弄權的目的，自然是想使他們自己，成為特權階級。

於是，公眾就會進一步知道：這種人，不論他們如何舌粲蓮花，講話講得再動人，他們說的話，都是靠不住的，因為公眾需要知道的事，他們居然可以以保密理由，而不讓公眾知道。

公眾不會相信一撮對公眾保密的人，想對公眾保密，正對公眾進行保密的人，不可不知。

# 分配和選擇

## 自由的可貴

分配和選擇，看起來差不多，同樣是在一些東西之中得到了一些。但是卻大有不同。分配，是由他人意志來決定；選擇，是自由的意志來決定的。

分配沒有自由，選擇有自由。在分配和選擇之間，可以體會出自由的可貴來。

喜歡操縱他人自由意志的人，熱中於分配，有不服從分配的，就用強權制服。自從人類有了分配他人意志的意念，把自己的意見強加在別人身上之後，人類就開始了有奴役和被奴役。

分配者有時會創造出一些似是而非的說話來惑人耳目，例如說：「按照被分配者的意願來分配。」等等，不論說得如何天花亂墜，抹殺他人自由意願的事實不變，這是人性醜惡的伎倆。

分配是人類行為中極醜惡的一種，這可以滿足一些人強權心態。自然，這種醜惡行為之所以能在人類歷史上長久持續出現，除了有一些人想分配之外，也還有很多人愛被分配。若是人人都不要分配，要選擇，這種行為自然就會消失了。

# 虛空

**說的話愈是嚇人的，愈是什麼也不懂。**

這句話，本來是老生常談了，但由於近來又有新的體會，所以還是要一說再說。一些人，其實是什麼也不懂，可是一開口，能嚇死人。這些人有一個十分容易辨認的特點，就是聽他們說的也好，看他們寫的也好，洋洋灑灑，一番話聽下來，一篇文章看下來，可以全然不知道他們說了些什麼，根本沒有內容，只有一大堆名詞，亂七八糟地堆在一起。

於是，大家恍然：他們原來什麼也不懂！這是檢驗這類虛空頭的唯一標準。

這類沒有內容的宏言長文，頗多來自中國大陸，似是而非的新名詞一大串，究竟想說明什麼問題，說的人自己也不懂，只求人家以為他懂，而結果，自然很難相信這類人會懂些什麼。

有真才實學的人，自然也有口若懸河，下筆千言的，但言必有物，不是空洞的，而是實在的——或許不易分別，但其實也很簡單，多聽幾次，多看幾次，自然就會明白分辨的方法的。

# 土

**土，無可藥救。**

有云：蠢笨是沒有藥醫的，近來，又發現，土，也一樣，無藥可救。

什麼叫「土」，似乎很難下定義。一般認為，不懂什麼事的，就是土，其實不是。對某些事或許多事不懂，不是土，只是無知，缺少知識。缺少知識不要緊，有藥可醫，只要努力求知，很快便可以改變無知的情形，而土是無可藥救的，所以無知不是土，由於無知而帶來出洋相，出鬧劇，也不是土。

土，是明明是無知，卻以為自己已經懂得很了，這種情形，才是真正的土，無可藥救。例如造一個核電廠，什麼設備全靠外國弄來，可是居然也有自稱「核電專家」的，誇誇其談，保證絕對安全，這就是土。又例如到了幾天香港，覺得香港人不懂穿衣服，還不如北京，這也是真正的土。又例如對自己根本不懂的事，周圍的所有人也全知道他一點不懂，他卻自以為懂了，他卻自以為懂，大發議論，那更是土到了家，土之尤者。

土，無可救藥，只好任憑土人一直土下去。

# 由他

**當「土人」在大發議論時，由得他去。**

上次論「土」，意猶未盡。當「土人」在大發議論時，最好由得他去，不想聽，走遠點，千萬別去和他爭辯，或是指證他，點撥他，因為土是無可救藥的一種現象，所以任何行動，都無補於事。「土人」大發議論，並非不懂裝懂，而是他自以為真懂了，也不是在吹牛說謊，是他自己對自己所說的，有堅強無比的信心，你去糾正他的話，有什麼用？

「土人」的話，若是通過他的口發出，走遠點可以不聽；若是「土人」居然還會寫點文章，在文字中發揮他的土勁來，更簡單，可以不看，也可以看了當作笑談——無論如何，「土人」的言論，大都十分富有娛樂性，例如明版聊齋誌異如何名貴，例如說香港的海鮮比不上北京，等等，都可以當笑話聽。

如果真的認真糾正，也無從糾正起，因為很多事，漫無標準，「土人」硬是認為他的標準放諸四海而皆準，有什麼法子可以叫他明白天下之大。

所以，最好的辦法是由得他去土。

## 第二輯

# 生活體驗

# 完美

不必追求完美，它不存在。

人追求完美，和年齡經歷，大有關連。大抵年紀愈輕，經歷愈少的人，就愈是容易追求完美，見到或知道一些不完美，就大驚失色，徬徨之至！怎麼人世間竟然會有這樣的事？

到年紀大了，經歷多了，不完美的事見到、經過，知道得多了，自然會增長了學問，知道如果世上真有事是完美的，那才是應該奇怪之至，而不完美，甚至醜惡，才是幾乎一切事物的真正狀態。到那時候，自然再也不會大驚小怪了。

說起來，這種情形，很是悲哀。是的，但既然實際情形如此，也就不必諱言，而且事實是，已經諱言得太多了，一個人兒童時期、少年時期、青年時期，所受的教育，如果多一點學到世上所有的事，都是難求完美的，那麼這個人的成熟，必然可以提高，不必等待有了許多次慘痛經歷之後才知道這個事實了。

可惜，教育家不肯這樣做，拚命的宣揚連他們自己也不相信，根本不存在的美好。

於是，青少年，在沒有實際生活經驗之前，迹近白癡。

# 變化

## 人是會變的

人是會變的，不但人會變，世界上沒有一樣事物，沒有一個生命是不變的，日日在變，秒秒在變，世上沒有不變的東西，連喜馬拉雅山和太平洋都在變，連地球、太陽都在變，何況是人。

人會變得多，也會變得少，會變得好，也會變得壞，總之，人是一定會變的，不管這個人是不是想變，他一定會變。

所以，當有人說：「我不變，不會變」的時候，不管他表情如何逼真，不管他如何捶胸頓足，如何呼天搶地，如何信誓旦旦，如何賭神罰咒，他都是在說空話。相信了，是聽的人的錯和笨。

## 人有權變

人有權變，覺今是而昨非，為了種種原因：可告人或不可告人，聰明的或愚蠢的，有利可圖或是蒙受損失的，各種不同的因素都可以變，變是變的人自己的事，每個人都有變的權利，把過去的自己，完全推翻，別人看了雖覺氣頂，也只好乾瞪眼兒。

# 進步

人類之所以有進步，基於下一代不聽上一代的話。

「可以不聽父母的話」此語一出，頗有大聲疾呼，曰為妖言惑眾者。當然，一方面以微笑置之，一方面又有再進一步闡釋之必要。

子女而不聽父母的話，實在是天經地義的一種現象。若是下一代全然聽上一代的吩咐行事，那麼，人類還會再進步嗎？人類的進步，就是在下一代不斷推翻上一代的經驗之中起步的。

不聽上一代的話，每一個人都曾如此過，一提出來，忽然會這樣令人震動，道理也很簡單，震動的，自然是身分屬於「上一代」的人物，一直好好的有傳統的法規在維持着尊嚴，忽然公然有人說可以不必顧及他們這種虛偽的尊嚴，自然會有這樣的反應。也不必勸他們什麼，只要他們想想自己當年，作為「下一代」的時候的思想行為，就會釋然了。

下一代可以不聽上一代的話，絕對有這種不聽不從的權利，上一代再用盡權威，想維持下一代必須聽從的習慣，只怕不會成功。

因為，人類總是在不斷進步的。

# 無關

**關我事不關我事，都不關我事。**

王維詩句之中，有「晚年唯好靜，萬事不關心」之句。要做到這一點，自然難之又難，但盡可能做到事不關己者，絕不理會，或關己不甚者，也不加理會，不定可以減少不少煩惱。

一夕，眾多人聚會，忽然談及一件事，有的人說關我事，有的人說不關我事，叫我過去問，究竟是不是關我事，當時福至心靈，大聲說：關我事不關我事，都不關我事。聞者要定一定神，才知道這句話的意思，都覺得有一定的道理在焉。

能夠真正的做到這句話，也不是容易的事，首先，即使不能看透世情，也要看穿六七分才行。什麼什麼人做了什麼什麼事，不關我事；什麼什麼人在背後說了什麼什麼話，也不關我事；什麼什麼人公開在攻擊，也當作沒有這件事，為人若此，自然對一切可以處之泰然。

夜觀星空，每覺宇宙浩瀚，覺地球之小，覺人生之無常，雞毛蒜皮的小事，若是在心中一直認定關自己的事，真是何苦來哉。

且效古人之不關心，樂得逍遙。

# 煩惱

**人若喜歡自尋煩惱，必能如願以償。**

世上有很多事，是怎麼求也求不到的。有不少事，是經過了一番努力之後，求得到和求不到的機會參半，也有一些事，大抵是可以求得到的，更有許多事，只要去求，必然可得，自求煩惱，便是其中之一。

求快樂難過登天，求煩惱易如反掌，人要自尋煩惱起來，且沒有什麼力量可以阻止，譬如說，到處去打聽人家在背後怎麼說自己啦；又譬如說，拚命去打聽他人的秘密啦；再譬如說，和自己全然沒有關係的事，硬要插一腳進去哩，等等等等。在人類的行為之中，自尋煩惱這一項總行為之下，分類之多，一萬本書也寫不完。

照說，煩惱要來，推開唯恐不及，怎麼會自己去把煩惱找了來呢？不是太笨了嗎？但是理論上是那樣，事實上都大不相同，幾乎每一個人都在自尋煩惱，粵語中有一句相當粗俗，但極傳神的歇後語，形容自尋煩惱的，曰：「捉蟲入屎窟」，不必三省，人人不防日省自己身一次：今日曾自尋煩惱乎？

自省的結果，不必公開。

# 冷水

**算算自己還有多少年**

一直常用這句話在勸一些人，但絕不主張別人也用這句話。因為聽到了這句話而感到高興的，絕無僅有。修養好的，只是沉下臉來！修養差的，拂袖而去；修養壞的，反臉相向；修養大差的，甚至揮拳。碰釘子次數之多數不勝數。

不過，還是時時要說這句話，每見有人，年紀差不多了，但是對於名利的熱中，還在沸騰的時候，尤其是對利的追求，還在沸點之際，總不免要說這句話？潑以冷水，希望他的心境不要如此沸騰——結果正如前述，肯聽的絕無僅有。

普通人，還真沒有資格承受這盆冷水，舉例來說，利的追求，閣下財產，若然還未能用億（港元）來作單位計算，就沒有資格。非但不會潑這盆冷水，反而會多添柴火，讓沸騰繼續。

但如果已達這標準了，就會請閣下計算一下自己還有多少年，就算正當盛年，只怕所餘也無多，何必再那麼辛苦？何不從今日起，就擺脫辛苦，去享受一下人生？何不多花點時間，把多年來的辛苦，化為快樂？

## 相差「〇」

**五十億和五億，完全沒有分別。**

五億和五十億，在數字上而言，自然是有分別的，分別在多了一個「〇」。但是所多的，也只是「〇」而已，「〇」是不代表什麼的，所以，如果一個人擁有財產是五十億，或是五億，其差別也只是「〇」，實際上是毫無分別的。

五十億和五億，只是信手拈來的一個數字，可以轉變，例如十億與一億，五億與五十萬等等。任何人，就算如健力士紀錄大全中最長壽者，到了一百二十五歲，也就「天不假年」了，隨便怎麼用，若是到了財富以億計算，也是再也用不完的了，為什麼還要拚命勞累去積聚？積聚得再多，又怎麼樣？

「上帝說：你所預備的，要歸誰呢？」（路十二：二十）

自己是享用不到的，而別人，即使親如子女的事，完全無法控制，秦始皇以為為子孫立了萬世基業，結果片刻之間，煙消雲散！

可能富人另有富人的想法。這樣講，只是措大之言，但相差只一個「〇」，這一點，應該是很值得任何人深思一下的。

# 急

別急

元曲中，特別多閒閒散散，不太熱中名利的句子，十分有趣，大抵是因為當時世界大亂之故。古時有個好處，世界再亂，總有可以避亂的所在，只要心境真能恬靜，找一個藏身之所，不是難事。可是現代就不行了，文化大革命的浪潮一來，誰能躲得過去？

隨便拈一首王義思的《快活三》：「問歸期近與速，騎一個小龍駒，路行過半山餘，大拼着歸去晚，何須慮。」

大拼着歸去晚，自然毋須再顧慮什麼了。要點只在「大拼着」三字，大拼着，就是大不了的意思。大不了是這樣、是那樣，也就沒有什麼大不了的了。

所以，別急！

**放開**

看開還不夠，真要放開才行——沒有什麼大不了的，煩惱多是自己找來，且看難惟敏的《雁兒落》：「再不把拾來的擔子挑，再不把不哭的孩兒抱，再不替別人家瞎頂缸，再不做現世的虛圈套。」

放開，至少，放開些，樂何如之！

# 大事

## 世上沒有什麼大事

常說的是：世上有什麼人事呢？世上沒有大事。地球上所發生的事，最大，莫過於整個地球爆炸。但即使是整個地球爆炸，也不過是浩淼無際的宇宙之中，少了一粒微塵而已，何足道哉！

宇宙究竟大到什麼程度，無法想像，也難以形容。一定要形容的話，可以這樣說：當有一股陽光射進屋子來的時候，往往可以看到在那股陽光之中，有千萬塵埃，在上下浮動，那些塵埃，就可以譬作是宇宙中的大小星體——那還只是看得到的，在那股陽光之外，看不見的，還不知有多少！

地球在整個宇宙中渺小到不值一提，妙的是，在這顆塵埃上活動的人類，生命如同一聲嘆息那麼短暫的人類，在短暫的生命中，不好好享受生命，尋求快樂，還要日日自尋煩惱，說人是「萬物之靈」，真是太抬舉，靈在什麼地方？放眼看去，一點也看不出來。

只有，至少就算不了解，也要知道，世上沒有什麼大事，沒有什麼事是大不了的，那才是略有靈性的開端，接下來如何，尚需大大努力！

# 事情

## 沒有不可能發生的事

世事千奇百怪，一個人學問再好，見識再豐富，也必然有許多許多事是他的知識範圍之外的。所以，人人皆以為有一些事是不可能發生的。但實際上，世上幾乎可以發生任何事，沒有不可能發生的事。

事情在未曾發生之前，只是意料不到它會發生而已，意料不到，自然是因為受囿於見識和學問，所以，事情竟然發生了，就會感到意外。

若是早知道世上沒有不可能發生的事，那麼，自然，在面對任何事情發生之際，也不會意外，而處之泰然。

**任何事情的發生，必有前因。**

一件事發生了，看來突兀之極，不可思議，事先似乎毫無迹象，突如其來。但實際上，任何事情的發生，都有前因，許多人甚至使所有人感到突兀者，是因為許多人或所有人忽略了前因，或不知前因，並非表示這件事是無緣無故發生的。

若是早知了前因，自然可以預料到將會發生任何事，只可惜一件再小的小事，前因也有千百個，實在是無法一一加以留意的，所以，要預測會發生什麼事，也困難之極。

# 自然

## 聽其自然

「聽其自然」這四個字，說來容易，真要能做到事事聽其自然，幾乎是沒有可能的事，至多只是盡量聽其自然而已。而且，其程度也隨人性情、年齡而變，年輕時，勇於進取的，寧可相信人定勝天，而絕不肯聽其自然，等到有志者事不成之後，才會知道聽其自然這四個字的可愛之處。諸葛孔明先生是歷史上著名的勇於進取之人，「鞠躬盡瘁，死而後已」是他的名句，但是他也不免發出「謀事在人，成事在天」之歎。是不是說冥冥之中，自有一種力量，在主宰着一切事情的運作呢？

這樣說，似乎消極一點，但遇事時抱聽其自然的態度，在很多情形下，心境能得到更多平安喜樂，卻是真的。

## 總要爭取

這一句話，聽來和上一句矛盾之極，其實一點也不矛盾，爭取是自身的事，想要得到的，總得努力去爭取，努力爭取，絕不代表一定可以得到，是不是得到，那只好聽其自然。而不爭取，肯定得不到，得不得是未知數，然而，總要爭取的。

# 觀微

## 高級生物的表達方式

有說「觀人於微」，也有說「見微知著」，意思是，從小處，可以看出大方面來，在很多情形之下，實在是不必明明白白，什麼都說得清清楚楚的，若是什麼都要說得清清楚楚，那麼人和人之間的溝通，也不成其為高級生物之間的溝通了。

高級生物之間的溝通，很多的情形下，都由「微」字着眼，不是那麼坦白直率的，譬如說，你心儀的異性，若是拉拉手都不願意，那自然不會和你擁抱接吻，也不必要對方告訴你口臭人醜，看到你就作嘔，自己就應該心中有數了。

偏偏，有些人不明白這一點，或是雖然明白，不過事情作到了自己身上，就如一個「但是」，彷彿人家是這樣，在他的身上，就可以例外。

這種情形更可悲，可悲到了有時，甚至是直接說明之後，仍然不明白的地步，就是因為這種人的心裏有一個「例外」在。

其實是沒有例外的，既然是人，就必然在人類的行為範圍之內，人不能脫出人類行為的範疇，道理再簡單也沒有！

# 敏感

## 如魚飲水冷暖自知

上次提到人類是高級生物，高級生物表達一己的意念，了解對方的意念，大多數情形之下，都極隱晦，不那麼直接，這其中的情形，也沒有一定的規律，一個人都可以在生活經驗之中，漸漸積累出知識來，雖然人有智愚之分，但是再蠢的人，對於種種暗示，頂多是領悟程度的差別而已，若是完全沒有反應，那已絕不是智或愚的問題，而是白癡與否的問題了。

生活經歷會給每個人以經驗，有些甚至有必然性，如主人頻頻看錶時客人應該告辭，那是主人在暗示客人已不受歡迎。再如異性對於追求的反應不熱烈，也一定可以如魚飲水，冷暖自知。傷感而令得當事人不想承認的是，本來是熱戀的雙方，忽然有一方冷了下來，那也全然不必再說什麼，儘管冷下來的一方還在不斷說「我愛你」，但是既然冷了下來，那就實在已彷彿明明白白，不必再等到那一方說個清楚才宛若晴天霹靂的。

感情上的糾纏，在大多數的情形之下，不是言語所能說得明白的，也不是與之有糾葛的人所願意說明白的。在那樣情形下，保持敏銳的感覺，總多少有點用處。

# 塗改

## 總有痕迹留下的

寫錯了的字，誰都知道是可以塗改的，但是塗改的方法再先進，總是不免有痕迹留下來的。痕迹，表示曾經有過錯，無法完全消滅。

已經做過的事，也是一樣，不論是對是錯，做過了就是做過了，有一種無形的記錄在那裏，就算施行精密的腦科手術，把腦中的記憶部分切除，可以達到完全不能記得有過那些事的效果，但除非這些事的當事人只有一個人（那是極不可能的情形），不然，一個人忘記了，其他所有的有關人員還記得一清二楚，知道曾有這樣的事發生過，努力忘懷，又有什麼用？

所以，不是不要塗改，過去的事，做過的事，既然全是出自自己的意願，沒有什麼人拿着尖刀逼着你做，做了也就做了吧——或許給你從頭來過，還是一樣會這樣做，任何人做任何事，都是根據這個人的天生性格而來的，性格沒有改變，這個人還是這個人，自然這個人做的事，也一定是這個人做的事，不會是別人做的別的事。

塗改了有痕迹，忘又忘不完，不如面對自己所做過的一切，固然有時很需要點額外的勇氣，可是也非這樣不可。

# 錯誤

犯了錯，是不能改正的。

「改正錯誤」，這句話，在文法上絕無問題，也有許多人在用，好像錯誤真能改正一樣。其實，錯誤是無法改正的。

錯誤，是已經發生的事，是一樁既成的事實，怎麼能改正呢？可以不再犯同樣的錯誤，而已發生了的錯誤，是不能改正的。

以最簡單的錯誤來說，譬如說，寫錯了一個字，發覺了，立刻改正，改正的方法包括塗去重寫，用橡皮擦去，用塗改液抹去，以及其他種種的科學方法，可以將錯字改得一點也不露痕迹，用最先進的科學儀器也查不出來。但是，「曾經有過一個錯字」這個事實，卻改變不了的，即使時光倒流，到時，錯字還是會出現。

一個錯誤，不論是大是小，將永遠留在那裏，留在犯錯誤的時間和空間之中。所謂「改正」，只是將之掩蓋起來，絕不表示錯誤就此等於沒有發生過一樣。

所以，自然，最好是盡可能別犯任何錯誤；但是，然而，那是任何人絕不可能做到的事。

錯誤若已發生，就已經發生，別讓它發生第二次同樣的錯誤，已是上上大吉。

# 秘密

## 連死人都有秘密

人人都有秘密。

一日，在公眾場合，忽聽附近有人，用十分誠懇嘹亮的聲音宣稱：「我是一個沒有秘密的人，心裏一點秘密也藏不住。」

本來心情甚悶，一聽之後，不禁開懷大笑，遭說這話者怒目以視，仍然覺得十分開心。

一個人要是真的沒有秘密，那比死人還不及，死人都有秘密——死人的秘密，隨着死亡一起被埋葬，再也不會被人知道了。

若有人聲稱自己沒有秘密，那是百分之一百的謊話，若是有人肯和你分享他心中的一些秘密，那也是友情中極可貴的現象，千萬不要去要求分享他秘密的全部，那是決無可能的事，尤其，別向異性作那種的要求，對方若是答應了，那你被騙；若不答應，自討沒趣，好奇心再強烈，也不應做此傻事。

如果有人知道生命哪時結束，在結束之前，把所有秘密全都記錄下來，包括秘密的想法在內，在死後公開，保證會叫這個人身邊的人，人人嚇至臉無人色！

所以，秘密還是讓它永遠是秘密的好。

第三輯

# 遊戲人間

# 撞鐘

**做了和尚，就要撞鐘！**

俗語之中，有「做一日和尚撞一日鐘」之句，意思是無可奈何，也有敷衍了事的含意在內，用這句話去形容一個人的行為，對被形容者來說，沒有什麼敬意或恭維之意在內。

但這句話實在不應該這樣用法，應該被當作好的形容詞。一天在當和尚，一天就撞鐘，有什麼不對？做了和尚，應該撞鐘，就要撞鐘，難道撞鐘的不好，不撞鐘，拒絕撞鐘，或撞得不起勁的反而好？

做了和尚，就要撞鐘，撞得起勁，撞得快樂，撞得依時，不喜歡撞鐘，大可以不做和尚。

很多人不明白這麼淺顯的道理，所以我們在社會上可以看到很多怨氣衝天，牢騷滿腹，工作不力的人，做「和尚」，卻不願撞鐘。

可以肯定的一點是，不願「撞鐘」或不好好「撞鐘」的「和尚」，決計不會是好「和尚」，毫無前途，態度若不改變，趁早「還俗」。

這裏「撞鐘」和「和尚」，只是代號，可以換上任何其他的詞，當然不必一一舉例了。

# 遊戲

**既然參加了遊戲，就必須遵守規則。**

任何遊戲，都有規則。常有人罵胡鬧的事為「兒戲」——兒童的遊戲，規則更多，一點也不馬虎。參加了遊戲，就必然要守規則，若不守，不會有人和你玩下去。必然被摒除出局。

即使是一個人玩的遊戲，也有規則，一個人也必須遵守，不遵守，沒有人把你怎麼樣，而自己則必然無癮之至，再也玩不下去。

不參加遊戲，當然不必顧及什麼規則，因為那與你無關，你可以冷眼旁觀，可以不加理會，可以痛癢無關，可以輸贏不論，因為你不在遊戲之中！

遊戲一定有勝有負！

凡遊戲，必定有勝有負，既然是遊戲，一定要以遊戲的態度對付之，勝了一場遊戲和輸了一場遊戲，只不過是勝了一場遊戲或輸了一場遊戲，是微不足道的小事，若是興高采烈，或垂頭喪氣，那是修養不夠。

不論遊戲玩得多大，記得，遊戲只不過是遊戲而已！

# 快樂

**做人大而化之，十分快樂。**

做人的態度有許多種，各根據不同的性格而產生，有的明知這樣做人十分痛苦，但性格生成如此，想改也無從改起，自然也只好一直這樣下去。

一直認為，最快樂的做人方式，是應該對任何事，都抱大而化之的態度。什麼都以大而化之的態度處理，自然煩惱少，相應的，也就是快樂多。譬如說，背後被人怎麼說怎麼說，傳到了耳中，當沒件事一樣，一笑置之，大而化之，那還會有什麼煩惱？

任何事，都可以抱這樣態度，尤其是人際關係，什麼人怎樣對待人了，什麼人又被怎樣對待了，一概不理，不去追究，只憑自己喜歡，人家不喜歡就算了，毫不在乎，大而化之，還會有什麼能惹得人不高興的？

採大而化之的態度做人，當然最主要，還是要真的天生性格使然，能把吃虧便宜看得淡，不放在心上，但後天也可以訓練得出來。平日再計較的人，若是能抽一天——甚至半天或一小時，試試在那段時間中，什麼都看開些，少計較些，大而化之些，就會發現那段時間，實在快樂。

# 開心

## 自己開心最重要

開心，完全是為自己着想，自己開心最要緊。人生在世，不是很容易有開心的時候，能有，自然不能輕易放過，要牢牢抓緊。

那天，有人說不開心，因為要做一件工作。但如果放棄這工作，又會有幾個一直想有這件事發生的人很開心，所以寧願不開心下去。

那是十分錯誤的態度，一個行動，能使自己開心，他人也開心，那是上上大吉的行動，而如果別人開心了，自己便不開心，這就十分不必，人家開心不開心，是人家的事，自己開不開心，是自己的事，世上每一個人都是自我中心的，所以，自己是否開心，遠比他人是否開心重要，自然要先使自己開心。

人的天性相當奇妙，雖然個個自我中心，但在正常的情形之下，他人的開心與否，都能影響自己的開心程度，所以，也有很多情形之下，自己開心和別人開心，並不矛盾。至於不正常的情形，那是看到人家不開心才開心，那是一種變態。

凡是變態，就不能以常理論之了。

# 放縱

## 人沒有不想放縱的

常聽得有一種論調：適當的放縱一下……在「放縱」這種行為之上，加上「適當」或「有限度」等字樣，很高深莫測，不明白那是什麼意思。

放縱就是放縱，沒有等級或程度上的差別，也沒有什麼適當不適當。人人都可以放縱，也可以遵守一定的成規，不敢踰越半步，那是每一個人對生活的態度所達成的自我行為。

而且，一個人的行為，究竟是不是放縱，別人也很難看得出來，如魚飲水，冷暖自知，只有這個人自己才心裏有數。一個一直過清教徒生活，並且認為那才是正確的人，偶然喝一杯酒，也就放縱之至，而同樣的行為，放在一個酒鬼的身上，又算得什麼？

而每一個人對人生的態度如何，只有他自己才知道，外人再也看不出來。所以，有的人，表面看來很放縱，實際卻一點也不，因為他墨守着他自己的生活規則。有的人，表面看來生活嚴謹，若是經常在違背他自己的原則，那也就放縱之至。

放縱沒有什麼不好，事實上，人沒有不放縱的。

# 呻吟

## 無病呻吟是一大樂事

成年人每喜歡教訓未成年的，或性格持重的喜歡教訓他人，別無病呻吟。其實，無病呻吟，是人生一大樂事，一有機會不妨多多為之。「為賦新詞強說愁」是無病呻吟的典型，何等有趣，何等有意境，何等浪漫，何等令人開懷舒暢！

無病，呻吟也好，不呻吟也罷，始終都是無病。

無病，可以呻吟，也可以不呻吟——這就是無病呻吟可以令人快樂的原因。

等到真有了病，非呻吟不可，不能不呻吟，那才痛苦無比——任何沒有選擇，非如此不可的事，都是莫大的痛苦，何況真正有病，病造成的實質痛苦非呻吟不可，簡直境遇淒慘至極，到了那時候，才會知道無病呻吟的樂趣。

所以，看到青年人、少年人在那裏無病呻吟，讓他們去，他們在享受他們的快樂，應該鼓勵，不應該制止，人世間快樂不是很容易得，無病呻吟一下，多麼有趣！

無病時，有呻吟真需呻吟。

等到真有病時，咬緊牙關叫出聲——呻吟也沒有用了。

# 照顧

## 唯有自己最可靠

人生在世，最能照顧一個人的，是什麼人呢！

答案是：就是這個人自己。

寄望別人照顧自己，有時可以成功，但成功的比例相當少，屬於罕有的例子，不是很靠得住，遠不如自己努力照顧自己。

就算是至親至愛的人，根本不必要求，就會照顧，為父母照顧子女，丈夫照顧妻子等等，不但有感情上的聯繫，而且還有法律上的責任，好像十分牢靠，應該是靠得住的了？

但不論是什麼的關係，都有千萬個可以導致發生變化的因素，無時無刻不在起作用，使變化發生，到時，靠得住，也會變成靠不住。唯有自己照顧自己，才不會起變化。

或者有人會說：不是每一個人都有能力照顧自己的，要是沒有能力照顧自己，那怎麼辨呢？

很難設想這個問題可以成立：是白癡嗎？不然何以連照顧自己的能力都沒有？

說得現實一點（現實大都殘酷得很），真沒有能力照顧自己的，怎能做人呢？

# 見捐

## 可以創造一直有用的環境

常聽得感歎「秋扇見捐」——秋涼，一夏都不離手的扇子，沒有用處，自然也擱過了一邊。這是一種比喻，喻的是人際關係。

人和人之間，出現這種情形，實在無可避免。人際關係，甚至包括不由自己意志所選擇的血緣關係在內，都在不斷的變動之中，既然變動，自然有時須臾不可離，有時就見捐。

人要放下扇子不用，扇子除非成精，會出聲抗議，會幻化成人，不然，一點辦法也沒有，可是人畢竟不是扇子，會有反應——那十分消極。積極的做法，是盡量不讓見捐的環境出現。

扇到秋才見捐，若一直是盛夏，扇的作用一直在，自然非扇不可，人可以努力創造這種環境，若真正努力了還是無可避免，那也沒有什麼可以感歎的了，而如果根本不努力，那更是咎由自取，更不必感歎。

社會不斷在進步，固步自封的人，自以為是，停滯不前，忽然有朝一日發現，社會早已把他遺棄了，到那時，再急起直追，也來不及了！

# 代價

**不論想得到什麼，都要付出代價。**

西諺有云：天下沒有白吃的午餐。說明了不論想得到什麼，都得付出一定代價的道理。代價有時付出得少點，有時會付出得多點，可是總得付出去，不會一點不付出，而白白得到——就算走着路，忽然看到腳下有一大卷鈔票，也得彎下腰，才能拾起來，就算走着路，天上忽然掉下銀紙來，也要伸出手，才能接得住。

明白了必須付出代價，才能得到什麼的道理之後，有許多事，可以變成心安理得，知道那不過是一種交易——付出，得到，不必為之大驚小怪，不必為之惴惴不安，不必為之激憤莫名，不必為之唉聲歎氣，根本上，世界上一切事情，全都在這個規律之下運行，沒有例外。

要舉個具體一點的例子嗎？也好，現實一點，絕不浪漫：一雙男女，熱戀數載，轟轟烈烈，驚天動地，情意濃得化不開，而忽然之間，一方發現另一方並不專一，於是大慟——那就是不明白得到必須付出的道理，幾年來享盡了快樂，總得付出一點痛苦作代價，知道了這道理，痛苦就會減低到最低程度——當然還是痛苦，不然這規律就不存在了！

# 嚴酷

**太急切想得到什麼，付出的代價會極高，高至嚴酷。**

得到——付出，既然是一種交易行為。在得和付之間，自然一個高，一個便低，是翹翹板，世上不會真有什麼「公平交易」，不是得的一方佔了便宜，就是付的一方佔了便宜。

和任何交易行為一樣，如果太急切想得到什麼，一定比在正常的情形下，要付出更高的代價，經常會出現代價高到嚴酷的程度，十分之殘忍，絕沒有什麼人情可說，因為這是一個現實社會。所以，又有了以下的一句：

**付出代價多少，和賺到多少不成正比。**

付出多，不一定得到多，有時，付出的多到自己想起來就吃驚的程度，可是得到的之少，也會出乎意料之外，交易也是一種爭戰，在爭戰中，一方可能全軍覆沒，有時明白是怎麼輸的，有時死得不明不白，在這種爭戰之中，大敗虧輸的，一般來說，總是急切想得到的一方，若是根本什麼都不想得到，有道是：人到無求品自高，立於不敗之地，誰能奈何得了？

# 自尊

**自尊，有時代價極高，有時代價極低。**

自尊心，看不見，也摸不着，但是人人都有一個出賣自己自尊心的價錢，有時代價極高，有時代價極低，因人而異，不可一概而論。有時甚至不必收買，只要讓一類人，稍為佔些少便宜，這一類人，就把自尊自動奉獻。所以，另外有一類人，看準了這一類人的弱點，略施手段，就手到拿來，百試不爽。

或曰：請舉具體一點的例子！

太具體，不必了，朦朧一點，譬如說，交給飯店老闆三千元，囑他發辦，結果，吃了一頓明明至少六千元的，於是感激涕零，廣為介紹，厚顏宣稱，下次再來。

這種情形，究竟是誰佔了誰的便宜？老大的一個人，自尊就在那些小便宜中出賣殆盡，叫人看了，搖頭嘆息，嘆世上竟然有這樣的蝕本買賣，而這類人，被聰明人利用了，猶不自知，還在沾沾自喜，以為自己有面子得很，天下蠢行為中，以這種為最可憐。

自尊雖然無形無質，但不能沒有，一旦沒有了，人家看着笑，也就不知人家為什麼笑。

真可憐！

# 臉皮

**老老臉皮，豁出去了，不要自尊，倒也是混世之道。**

上文提及自尊最好不要出賣，真非賣不可，價錢不妨定高一點，不要低到一餐飯，一張機票。但如果老着臉皮，豁出了，粵語叫「幾大就幾大」，上海話叫「橫豎橫」，不要自尊，一頓飯也殺，一張機票也殺，倒也不失混世之道，「山大斬埋有柴」，總不無小補，反正搵食艱難，倒也無可厚非。

搵食至上，各有各的方法——各人頭上一片天，有人硬是不要頭上的天有自尊，自然也有權如此——其中也有的並不喜歡貪小便宜，自己也花得起，只是糊裏糊塗，淌了渾水，這種人才冤枉之至。

老了臉皮，賣了自尊，自然也不會怕人家怎麼講，而且，處世的原則是：不能不給人家怎麼講，但可以完全不理人家怎麼講，大可我行我素，自得其樂，生活方式五十年不變，人家至多也不過講講而已——不過事實便在，講總是要給人講的。

天生有老得起臉皮本領的人，小便宜一定有得佔，是不是值得那樣做，見仁見智，觀點與角度不同而已！

# 比高

**心比天高，命如紙薄。**

很久之前，找了一塊奇硬無比的劣石（如何找來，什麼地方找來的，竟完全不記得了）。這塊石頭，是一種濃鬱的灰色，下半部則是深黑色，山巒起伏狀花紋。因之，那一重灰色，看來就有點像灰雲密佈的天空。所以，準備刻上「心比天高」四個字。

（一直沒有動手刻，那天黃偉民看見了，拿去，用極佳的刀法刻成了，極其可觀，真沒想到黃偉民有那樣出色的藝術細胞，因為外表看來，他純屬時髦青年。）

「心比天高」是一種相當可悲的現象，接下來的一句是「命如紙薄」，那是典型的宿命論，你願望再高，立志再大，行為再堅，都沒有用處，改不過命，命如其薄如紙，一切都只好徒呼荷荷。

似乎大家都在反對宿命論，筆下勵志，都說只要努力，人定可以勝天，但卻沒有人解釋一下，何以天下有那麼多再努力而仍不能成功的事？所以，一直在說：有志者事竟不成。小時候聽了太多有志者事竟成這種虛偽的教育，以為那是真的，等到知道那不是真的時，不知已浪費了多少生命！

# 巧

**巧，決定了許多的悲和喜，離和合。**

常聽得的是「無巧不成書」，可是實際生活上，也是充滿了種種不可思議的巧。有確實記載的一件最巧的事是：有兄弟兩人，兄長在一個寒夜遭槍殺，弟弟不捨得丟棄有一個槍孔的大衣。一年之後的冬天，弟弟穿了這件大衣出去，又遭到槍殺，子彈竟然在原來的槍孔中穿過去！

真是匪夷所思到極點了！

但事實上，現實生活中的每一件事，幾乎都那麼巧，或然率都極低。現在世界上有超過五十億人，每天都不知有多少人出生，可是任何人，成為人的機會大約是十億分之一（十億精子，追逐一顆卵子，成功的機會，在絕大多數情形下，只是一個。）

男女之間的關係，每一個人都不妨閉上眼睛想一想，認識他或她的經過，是不是巧得很，是不是錯過了那一剎那，一切就都不同。可是偏偏就是那一下子，遇上了，就成了目前的情形。

那一剎那在大多數情形之下，都不是刻意安排，而是莫名其妙發生的。

若問：為什麼會有那一剎那，決定了許許多多的悲和喜，離和合？

答案只有一個字：巧！

# 陰錯陽差

誤會可以避免，陰錯陽差的事不能避免。

《紅樓夢》中有一段情節，以柳湘蓮、尤三姐為主角，那是男女之間，陰錯陽差的悲劇的一個典型。

男女間的悲劇，在很多情形下，誰也沒有錯，可是偏偏悲劇卻發生了——總有差錯的，那就是陰錯陽差，冥冥中的一股力量在播弄着芸芸眾生的命運，看起來，絕不該發生的事，偏偏發生了，說是誤會，又不是誤會，誤會可以避免，陰錯陽差的事不能避免；誤會可以解釋，陰錯陽差的事，根本連解釋的機會都沒有，說發生就發生，事後再後悔，再痛不欲生，悲劇也已發生。

陰錯陽差的悲劇，有一個特點，就是它的每一個環節，明明那不是真的，可是偏偏一環扣一環，扣得儼然合縫，叫身在其中的人，當時怎麼都脫不出去，以為萬無一失，一直到悲劇發生，才會恍然大悟，是受了播弄。而在悲劇沒有發生之前，有一千個人、一萬個人在他身邊大聲疾呼，他也不會聽到。

在柳湘蓮和尤三姐的悲劇中，陰錯陽差地安排了說合人是賈璉，而且又再安排了賈寶玉對尤氏姐妹的許諾，單是這兩點，尤三姐想不刎頸也不得，柳湘蓮想不終生遺憾也不得！

陰錯陽差，造化弄人！

# 真偽

**偽得再真，也還是偽；真得再偽，依然是真。**

人到中年之後，追求要分清真偽的心情，也愈來愈淡，真和偽，沒有什麼不同，可以一體相看，不必斤斤計較。

但是，有一點必須明白，偽的——偽象，偽話，偽物，偽利，偽得再真，還是偽，不是真。而真的——真象，真話，真利，真得再偽，還是真，不是偽。

要去分辨，可能十分之傷腦筋，可以完全不去分辨，但不分是一回事，知道這個原則，又是另一回事，不能混為一談。

**真偽可以由心而定**

真或偽，甚至可以由心而定的，一個人的感覺可以決定真偽，你覺得他真，就算他根本是偽，也就變得真了，反過來，也是一樣。

讓有些眾人皆知偽，唯一人獨覺真的情形發生，既然他真覺得真，那也就並無不可。

讓他忽然明白了原來是偽，他一定痛苦莫名。

# 台上

**台上的一切，全是假的。**

若干年前，偕友人一起看一位歌星的演唱，唱到一半，忽然「失聲」，歌星樣子傷心，奔進後台。觀眾自然鼓掌，加以鼓勵，不多久，氣氛灼熱，歌星又奔出來，一面抹淚，一面用嘶啞的聲音答謝，表示不論如何，都要把歌唱完，於是，觀眾更熱烈，歌星再度引吭，掌聲之多，得未曾有。

在一旁的友人，大是感動，至於下淚，當時就告訴他，台上的一切，全是假的。友人不信，旁邊有一個已看了三場的說：每場都如此，是真是假，自己去判斷吧！

人一上了台，一切就全是假的，在台上做的動作，講的話，目的只有一個：表演。

既然是演出，追求的是演出的效果。凡有利於演出者，皆可追求，這哪裏會有什麼真心誠意？

這個「台上」，甚至可以伸延到象徵式的「台」，不必一定是真正的舞台。既在台上，必然作假，要是相信了台上演出者的一切，不幸的肯定是閣下。

知道台上一切皆屬虛構，生活容易幸福快樂。

# 辛酸

**一分一秒，不知是怎樣捱過來的。**

聽一位少婦說她少女時的事，語氣聽來十分平淡，但有着十分顯著的、久經壓抑甚至已成為生命的一種習慣的辛酸，儘管她的聲音十分動聽，可是聽了她的話，還是叫人也感到了那份生命的辛酸，生活的辛酸。

她說，小時候，家道中落，她小學沒有畢業就輟學了，要出來做工，幫補家用。十二三歲的少女能夠做什麼呢？她做了售貨員，先是在戲院大堂的糖果攤子，後來到時裝店去。

她識字不多，又沒有人肯教她，連開一張單子都不會，只好在人家開單子的時候，在一旁偷偷看了，學，漸漸也就學會了。

為了要多點收入，她學改衣服，把所有要修改的衣服，全包了來改，每個月的收入，幾乎百分之百地交給家庭。可以想像，當時她是多麼可愛的女孩子——默默地承受着生活加給她的重壓。

那些時日，一分一秒都是負擔，不知是怎麼捱過來的。然而不知不覺，就那麼過來了，再辛酸，也都成了回味。

或許，這就是人生。

# 不幸

## 各種不幸其實都相同

說過了那位少婦少女時的事，或許有人會問：後來怎麼樣了？

很不幸，其實也是必然的，她並沒有像卡德蘭的小說那樣，被一個王子所看中。她嫁人（不然不會是少婦），短短的婚姻生活，可以寫一部長篇小說，也可以用四個字來概括——遇人不淑。

離婚之後，她繼續工作，然而日子愈來愈難，風雨那麼大，家庭的負擔仍然有一半在她的肩上，怎麼辦呢？

怎麼辦呢？不幸有許多種，但其實每一種都一樣，不幸就是不幸。

不過人生總有曲折起伏，她也曾有過夢想不到的快樂日子，可是由於她性格上的缺點，快樂又被她自己推了回去——天下竟有拒絕快樂的人？聽來有點不可思議，但她自然有她的感受，別人看來她應該快樂，她自己或者感到痛苦！除了她自己之外，誰能知道她真正的感受呢？

看起來，像是一篇小說的大綱，十分曲折離奇，但事實上，實際生活的離奇，遠在各種小說之上，據實寫來，沒有人會相信！

# 悲劇

**逃得過這一次，逃得過下一次嗎？**

歲次丁卯。

從一九八七年一月二十九日開始，就進入了兔年，凡是在這個日子之後一年中出生的人，都屬兔。

代表十二生肖的動物之中，最和平的就是兔，兔素食，什麼動物都會鬥，但很少聽說兔會打架。兔給人的印象，甚至十分可憐——似乎永遠都是豎着耳朵，機警地聽着，永遠轉動着小眼睛，害怕地看着，以便一有什麼風吹草動，可以立即撒腿就跑。

而又幾乎任何風吹草動，都可以導致兔受到傷害，牠是那麼弱小，當然沒有保護自己的能力，當牠遇到強敵時，唯一的本領就是逃，可是不論牠怎麼逃，逃得過去的機會不多——就算逃過了這一回，逃得了下一回嗎？逃過了下一回，逃得過再下一回嗎？

牠的生命歷程，是不斷地逃避強敵吞噬的過程，而且牠天生的強敵又如此之多，由於牠只會逃，不會反抗，所以久而久之，自然而然，許多比牠強大的動物，也把牠當了理所當然的獵物。

看起來，兔的生命，實在是一個悲劇，看不出牠努力嚼吃青菜蘿蔔有什麼作用，因為牠的生命，到頭來不過是供其他生物追捕！

# 逃避

## 人和兔共同的煩惱

第一次看到野兔，在許多年之前，草叢中行走，野兔受驚，陡然竄出，其疾如矢，一閃不見，發揮了牠逃生的天生本領。

但那種本領，逃避其他動物尚且不足，要避免人類的捕殺，自然癡心妄想之極，掘井，下網，挖洞，燻煙……至少有二十多種辦法，可以輕而易舉，把牠的生命結束。提着牠的長耳，殺了之後，各種烹調法，皆可加諸兔肉，十分美味，粵人似乎沒有甚麼吃兔的習慣，長江以北，小食攤中常有鹵兔肉，是貧窮大眾的肉類食物，補充體能，增加營養，兔肉倒也有一定的貢獻。昏黃油燈之下，無可奈何之夜，嗆喉劣酒之後，長吁短嘆之際，一條兔腿，可以使人感到，有點東西吃吃，比餓着肚子好得多——不要小看這小小的感受，它在某些環境之下，往往是決定一個人是不是能活下去，想活下去的因素，意義十分之重大，生死攸關，可不是鬧着玩的！

這種程度的悲劇，想想，人有時（很多時）也一樣，「逃避」這種字眼，在人的一生中，絕不陌生，要逃避的，也多如兔的天敵，什麼都有，而能逃得過去的機會，不是沒有，可是，逃得過一回，逃得過下一回嗎？逃得了下一回，逃得了再下一回嗎？悲劇生命，人和兔大可畫上等號。大家扯平，眾生平等！

# 龜兔賽跑

## 最壞的寓言

野兔肉好吃，家兔肉不能吃，所以只好養。家兔大都白色，所以有「小白兔」的稱呼，是童話故事中的正派主角——只有在一個寓言中，兔不是很正派，大家都知道，那個寓言是「龜兔賽跑」。

那是個不通之極的寓言，一點教育作用也沒有，因為人人都知道，兔再打瞌睡，再偷懶，也必然比龜跑得快。

兔天生跑得快，龜天生不能跑，只能慢慢爬，這是生成的，鐵定的，不能改變的！寓言希望通過龜的努力，兔的鬆懈而改變這種鐵定的事實，真是無稽之極，這種寓言講給兒童少年聽，兒童少年聽了要是相信了，那真是害人不淺。

世上有很多事，決不是靠努力能達到的，有許多事，一些人唾手可成，一些人努力可成，一些人再努力也沒有用。

世上有很多物，有些人多得堆積如山，多到討厭；有些人很努力，能得到一些；有些再努力，也一點都得不到。

別埋怨什麼，天下事，本來就是這樣。

龜，也根本不會有和兔賽跑的念頭，全是低能的寓言製造者的胡說八道。一旦，龜若真想和兔賽跑，那是龜的悲劇之始。

第四輯

# 處世

# 逆耳

## 逆耳之言不必聽

「良藥苦口，忠言逆耳」這句話，不知自何年何月開始成為至理名言的，似乎從來也沒有人懷疑過它的正確性，一直被肯定，可是其實只要略想一想，就可以知道這句話，根本站不住腳。

良藥為什麼一定要苦呢？不苦的就不是良藥了嗎？藥由人炮製，把藥弄得甜一點，又有什麼不可以，何必為了掛良藥的招牌而一定要令它苦？

同樣的，忠言為什麼一定逆耳？一個人對另一個人說話，另一個人要聽都不願聽，聽了之後，根本不服，也不會照做，說的人，說了等於白說，在這種情形下，忠言和奸言有什麼不同？

忠言可以不逆耳，看人怎麼說。反過來說，使聽的人覺得逆耳的話，必然不會是忠言——連能使人聽都做不到，算什麼忠言？

所以，逆耳之言，大可不聽，人生很辛苦，不快樂的時候多，快樂的時候少，還要勉強自己去聽逆耳之言，還要把那種逆耳之言當作忠言？免了！

# 錯誤

有錯就認，光明磊落。

古龍小說中常有這樣的對白：只有死人才不犯錯誤。

很對。

人只要活着，不論他經驗多老到，智慧多麼高超，學識多麼豐富，總有犯錯的時候。

犯了錯之後，有兩種情形。一是自己先覺察了，在他人未發覺時，就已經糾正。另一是自己未曾覺察，錯誤由他人指出。

通常，第一種情形，不會有什麼問題，而第二種情形，卻大有問題，可以由此而生出軒然大波，當然，也可以略略一笑了事。

被他人指出錯誤時，自然不是一樁很愉快的事，尤其當人家指出錯誤時，人家有權態度惡劣，面子上下不來，硬不肯認錯，唯一的結果是錯上加錯，面子更難看。

所以，只要有錯，一經知道，立刻承認，那才是光明磊落的態度。

想隱瞞錯誤，或為了面子而強詞奪理，結果都只有愈來愈糟。

# 不改

**認錯之後，有權不改。**

上篇說的是「有錯就認，光明磊落」。一般的觀念是，既然認錯就一定要改，子曰：「過不憚改。」一般的觀念，就是由此而來。

其實不然，認錯是一回事，改錯又是另一回事。認了錯，不一定非改不可，可以繼續錯下去，有權繼續錯下去，但必須承認自己錯了。

這種說法，聽來很「駭人聽聞」，與一般觀念完全相反，但卻更合乎人性。對，或錯，本來就是人類自己建立的一種觀念。舉世皆說錯了之時，不妨承認自己錯了，但絕不必一定要把舉世的觀念，移作自己的觀念，可以堅持己見。

最著名的例子是，當舉世皆認為地球是天體的中心時，哥白尼獨自以為地球繞日而行，只不過是一枚小行星。結果如何，人人皆知，哥白尼不肯改錯，後來觀念改變，對錯易位，誰是對，誰是錯？

認錯，不改，比死不認錯可愛得多，一個是直接的，光明的，一個是鬼祟的，橫蠻的。

有錯，要認。可是有權不改。

# 允諾

答應了的，總要做到。

人際關係十分複雜，但以不變應萬變，再錯綜複雜，也可以將之簡單化。再簡單化的方法之一，是不要勉強自己做自己不願做的事。

例如，有人要求什麼，不願答應，大可拒絕——可以委婉拒絕，也可以直接拒絕。拒絕的態度要堅決，也不必考慮拒絕的種種後果，因為你考慮了後果，不情不願地去做了，要求者一樣不會滿意，後果差不了多少，又何必委屈自己？

要知道，在求人者和被求者之間，首先在人情、道理上站不住腳的是求人者，而不是被求者，所以，拒絕，是正常的行為，自然，樂於助人者，也沒有人不讓他助人。

拒絕是正常的行為，可以拒絕，可以不答應，但如果答應了，那就總得做到自己答應的事——包括口頭上的答應，文字上的簽署等等，答應，代表了一個人對一件事的允諾，既然允諾了，自然就該實行諾言，不然，這個人的話還有什麼價值？很多時候，打落牙齒和血吞，都無話可說，還是下次學乖，學會拒絕。

答應了不做，是壞行為，拒絕，不是壞行為，兩者之間，差別極大。

# 算數

**可以說不，說了，總要算數。**

曾說過很多次，任何人，在任何事情未下決定前，都有權詳細考慮——自然這是指正常社會而言，極權社會就不能——考慮可以極周詳，想了又想，算了又算，三思而行不夠，可以九思十八思。考慮的結果，可以說是，自然也有權說不。

說了不，事情就此結束，不會再有下文。而說了是，不論是什麼事，必然還有許多下文，有許多事情要做。既然說了是，就得準備有這些事發生，要去做，因為是說了是的。

說了，總要算數。

當然，有許多情形，是在考慮時未曾料到的，後來忽然發生了，所以，有許多說了是，但又不算數的情形發生。這種情形，稱之為「反悔」，那定不是好情形。說了是，就算明知是說錯了，吃虧了，不划算了，但總得要知道自己是說過了是的。那麼，吃虧也就只好認了，人生在世，哪有椿椿事情，都算了可得最高利益的。

說了是，總以算數為上。

# 說話

**說話可以不用成語，最好不用。**

說話也好，為文也好，可以不用成語，最好不用。事實上，絕大多數成語，都可以用白話文替代，而且生動得多，比起僵化了的成語，更可以達到語言文字所要表達的目的。

成語十分複雜，極易用錯，幾乎每一句成語，都有它的出典，也有特定的用法，普通如「罄竹難書」、「如火如荼」、「捲土重來」等等，都不是任何場合適用，而都只能用在特定的環境下。每當遇到特別喜歡用成語的人，都會替他捏一把冷汗，知道他一定會有用錯的時候，幾乎萬試萬靈，不多久，就可以聽到或看到他亂用成語了，若根本不用，自然不會出錯。

**外語好的人，絕不會在講話時夾外語。**

外語程度高的人，在講唐話的時候，絕少夾上外語，尤其不會夾上外語的單字，這幾乎是測驗一個人外語程度高低的萬靈驗方。愈是外語程度差的人，就愈是喜歡夾上單字，程度差，夾外語多，成反比例。唯一的例外是，其人不會說唐話。然而，一個人若不會說唐話，唐話對他來說，就是外語了。所以，這句語仍然成立。

# 欺騙

可以騙別人，不能騙自己。

在人與人之間，不能用思想直接交流，必須用語言或文字才能溝通的情形下，欺騙是人類的行為之一，任何人都有這種行為，不能避免。

常在想，就算人和人之間，可以直接進行思想溝通，欺騙依然可以是人類行為，可以故意那樣想，讓對方誤假為真，或誤真為假。

沒有人一生之中沒騙過人，欺騙他人這種行為，當然不值得鼓勵，但絕不能否認這種行為的存在，也不可抹殺這種行為存在的普遍性。

任何人不可避免或多或少欺騙他人，不過要知道，可以騙別人，不能騙自己。

有人會騙自己嗎？非但有，且不少。向別人說謊，說得多了，連自己也會把謊話當作了真話，心理學上的這種自欺現象，相當普遍，稍為留心一下，可以發現周遭這種人還真不少。

自己把自己騙信了，那種現象，屬於精神病的範圍，千萬要小心提防，不可讓它發生。

# 相借

## 要養成不向別人借東西的習慣

這句話，大多數的情形下，對小孩子或青少年說，也有時，對成年人說——在那種情形下，對女性說的時候較多。

自己沒有，向人借，那是一個相當壞的習慣，而且，這個壞習慣有伸延性。今日，由於「需要」，向人借一隻金手表戴一天，看起來平常之至，沒有什麼，但是卻潛伏着一種虛榮性得到不正常滿足的危機，這種危機，會逐漸擴大，很快就到不可收拾的地步。

「鑽石頸鏈」的故事，大家都知道的，結果十分悲慘，但那還算是好的。向人借東西，首先遭到的損失是，在開口求借時，人格便在人家的心目之中，急速下降。人際關係崇尚虛偽，表面上人家或許不表示什麼，或者還滿口說「只管拿去用」，但是心目中的鄙夷，無可避免。

借不必要的東西，得不到實際好處，先損失了人格，是天下最不划算的事。

最正確的態度是：不但不向別人借什麼，連別人主動表示要借你什麼時，也要拒絕！

沒有就沒有！

# 埋怨

**坐巴士時，不必埋怨沒有冷氣。**

這句話是一個比喻，意思是，當你擠巴士之前，應該早已知道巴士並無冷氣，所以，在搭乘了巴士之後，你不必埋怨巴士沒有冷氣，因為那種現象，你所能得的待遇，亦該早已知道，若一定要冷氣，可以不搭巴士。如果竟然不知，那麼咎由自取，與人無尤。

一次，在一家酒樓，吃一千餘元，十二人一定吃得飽的「筵席」，雞鮑翅，樣樣都有，伙計招呼不佳，碗匙皆有缺口，環境吵鬧不堪，菜餚味道甚差，但十二人沒有一個提抗議，反倒吃得心滿意足，因為一千元一桌，早已知道會有這種情形出現，情形比預料中的好，開心不已，比預料差，也只好忍受，不必埋怨，不可投訴，更不必挑剔，若是萬元一桌，那自又不同。

別問人家對你如何如何，先問問自己付出了多少給人家，經常這樣，會消很多閒氣，做人開心得多，這世上，付出多必然得回多，付出少，也必然得回少，絕對沒有例外，不必癡心妄想。

你出少而還要挑剔，只會自討沒趣。

# 看待

**若被人侮慢，要怪自己。**

很多古老話沒有道理，也有很多古老話，很有道理。「物必先腐而後蟲生」沒有道理，腐是蟲造成的。「人必自侮，然而人侮」，就大有道理，在很多的情形下，受到了侮慢，要怪自己，別怪他人。

例如，在一些場合之下，受到了極無理的侮慢，看來看去，錯不在己，但還是要怪自己。一、為什麼到那種地方去，在去之前，應該考慮到，在那種地方的人，根本不知道什麼叫禮貌，大可裹足。非去不可，也要有心理準備，若要求猩猩會講「對不起」或「謝謝」，自然是奢求，錯不在猩猩，在奢求者。

二、在某些場合受了侮慢，生氣了，這也是自己不對。若是不然還要爭一口氣，吵架起來，那更是不智之極，必然更生氣——生氣已是不對了，對不知禮貌為何物的人，生什麼氣？要進一步生氣，更證明涵養功夫差極，自尋煩惱，倒不如哈哈一笑，受這種人的侮慢，又有何妨？

受了侮慢而動肝火，是基於自認了不起的一種心態，這種心態，當然要不得，所以還是要怪自己。

# 賣家產

不到窮途末路，不會變賣家產。

變賣家產，對於家產的擁有者來說，絕不會是愉快的事，這一點，絕對可以肯定，所以，若不是已到了窮途末路，除了變賣家產之外，再已無路可走時，決不會有變賣家產的情形出現。

變賣家產的原因很多，通常所見的，是為了還債。負債累累，到了借無可借的地步，新債舊債，又到了非還不可的地步，自然只好變賣家產來償還，也是通常的情形！變賣的家產愈多，債台也愈高。更通常的情形是，變賣家產所得，必然不夠還債。

「殺人償命，欠債還錢」，這是社會生活的不成文法，但是自從什麼「有限公司」發明之後，欠債就可以通過種種法律途徑，不必還錢了。至於「父債子償」之類的觀念，當然更是落後之極，不但沒有人去行，提也沒有人再去提。老頭子欠了債，下一代管他娘，這才是現代社會的生活準則。

所以，現代人比古代人幸福，至於現代人更聰明，或是更奸詐，那就很難下結論了。

# 酒量

## 一定要知道自己的酒量有多少

人類意識之中，有許多，簡直無理之極，例如，普遍認為能大口喝酒，喝得又多又快的，是一種豪爽的行為，是英雄行為。

這種觀念不知自何而生，但至少在中國，由南到北，普通之極。於是，在許多場合之下，可以看到臉紅耳赤的拚酒場面。

在那種場面中，喝酒完全不是為了樂趣，只是為了逞勇——或許，逞勇根本就是喝酒的樂趣之一，人各有所好，也難說得很，但是參與這種場面的人，有一件事，一定要牢記在心，那就是，一定要知道自己的酒量有多少！

酒量因人而異，有人多，有人少，同一個人，酒量也因心情不同，環境不同，而大有分別。不知道自己的酒量如何，後果可大可小，甚至可以十分悲慘，總之絕不會有愉快的結果。

肯定了這一點，知道自己的酒量就重要無比，不然，必定化愉快為不愉快，完全違反了喝酒的原則。

知道自己的酒量，屬於有自知之明的一種，並不是容易做得到的。

# 充闊

席間努力充闊者，多半不是付帳人。

這是一個十分有趣的現象，仔細觀察，大可洞察人間百態。幾個人或十幾個人聚在一起，很多情形之下，必有一兩人表示自己見識何等之廣，生活何等闊綽，點菜之際，百般挑剔，揀酒之時，一臉委屈——所有的食肆，永遠沒有他喝慣的那種名貴佳釀。

於是，全座起敬，一致認為這個人真懂生活，懂享受，派頭大，見過世面，其人也自然得意洋洋，頗有不可一世之態。

可是，凡這樣的人，到了酒醉飯飽，要結帳時，十之八九，絕無踴躍付帳之舉，反倒是掩掩遮遮，詐詐諦諦，就算根本是箋箋之數，也不會見到這種人會痛痛快快，在那時候，冷眼旁觀，就有趣之極。

這種人，碰到的機會甚多，若是有兩次碰到同一個這種人的機會，可以不必客氣，也不必再聽他如何充闊，簡直可以請之離座——這種人的毛病之一，是在面前的，他下箸如飛的菜餚，在他說來，都是「不能吃的」。

敬請他去吃他能吃的！

# 炫耀

## 要炫耀你真正有的

一個十分奇怪的現象：當人在炫耀什麼的時候，他所炫耀的，恰恰是他所沒有的，或是缺少的。舉例來說，當有人在炫耀他的財富時，這人的財富，往往並不多，或不夠多——若是夠多，他便不必炫耀了，因為已經盡人皆知。

當有人在炫耀他的學問時，情形也一樣，他一是沒有學問，或是學問不夠好——若是他學問真夠好，他也不必炫耀了，他必然知道炫耀沒有什麼用處，而且有學問的人，必然不屑為之。

這是一個矛盾，要炫耀你真有的，然而，真有了的，又必然不會炫耀。

所以，在社會上，處理人際關係時，可以肯定一點：遇到有人在炫耀他自己，不論是炫耀什麼，都只能姑妄聽之，而且肯定，他在這方面，沒有什麼了不起，和他自己所說的必然不同，不可相信，相信了就會上當。

炫耀和說謊多少有點不同，無中生有是說謊，無限作大，是炫耀。

其實，也差不多。

# 架子

**當人有擺架子的資格時，自然就會不擺架子。**

擺架子，是人類的行為之一。這種行為，有什麼用，值得探討之至，而探討下來，還真的沒有什麼用，可是喜歡擺架子的人之多，比比皆是，各有各款，擺得人心驚肉跳，眼花撩亂。

其實，當一個人，有擺架子的資格時，他自然就不必擺架子。擺架子，無非是想抬高身分，當人人皆知這個人的身分高時，他何必再藉擺架子來抬高？

這道理再簡單也沒有，所以，凡是在種種場合，以種種姿態擺架子的人，是說明一點：他身分不夠高，而且他自知如此，十分自卑，所以才要藉擺架子來抬高自己的身分。而這種做法，往往效果適得其反，叫人更加看不起，擺架子者可能也知道，但苦於既然身分不夠，不擺也不行，只好硬着頭皮，真是苦楚。

所以，擺架子的現象，還是隨處可見，那些人既然十分苦楚，也值得同情。

調皮話中有：「袴襠裏放長凳——好大的╳架子」，是挖苦擺架子者的最佳句子。

# 調皮話

## 調皮話不是人人能說的

調皮話，人人都知道會有極好的效果，所以，也人人想說，但是，調皮話決不是人人能說的。若是沒有自知之明，硬要說些調皮話，除了慘不忍聞之外，不可能有別的結果。

例如，曾有某人也學人說這調皮話來（「鸚鵡學舌」！）說什麼香港若進行一人一票直選，選出來的會是譚詠麟或梅艷芳云云。

說了之後，表面上自然沒有人敢怎樣，也有擠出笑聲來的，但多是搖頭，情況甚是淒涼。

該人這樣說，自然是想暗示一人一票的直選不可行，只請他不開口，人家對他再無料，不甚了了，這一開口，自然原形畢露。而開口如果依書直說，不要故作幽默，講其調皮話，也沒有什麼，偏偏又不安份，要說調皮話，又說得不得體，若被人反問一句：選出了梅艷芳譚詠麟，有什麼不好，朗奴雷根還不是選出來的美國總統嗎？不知其人何以自處。

此所以，調皮話，很難說，不是人人可說的。

# 注目

故意引人注目，是兒童行為。

兒童心理學家說，當兒童還不會說話的時候，用啼哭的聲音，來吸引他人的注意，是正常的行為。等兒童會說話之後，仍然會使用同樣的行為，例如尖聲叫、吵、鬧，故意發出異樣的聲響，或做出許多異樣的行為，目的都是要吸引他人的注意，只要在年齡上還是兒童，這種行為，均屬正常。

但，如果年齡上已不是兒童了，再用異樣的聲音，異樣的行為來吸引別人的注意，就不很正常了。其不正常的程度，也和年齡的大小成正比。少年人，十二三四歲，還在學兒童的樣引人注目，不正常的程度淺。青年人，十六七八歲，還學兒童，不正常的程度就深了，以此類推，若是三十來歲，四十來歲，甚至五六十歲，仍然要故意做出些不正常的行為來引人注目，那麼，其心智不成熟的程度，自然也十分嚴重。

人人都有權採取任何行為去引人注目，這甚至是人際關係，或在江湖上混的重大課題，以上所論及的，並無非議之意，只不過指出一個事實而已。

# 擦鞋者

## 擦鞋者必有所圖

潮流忽然興起「擦鞋」一詞，替代了原來的「托大腳」或「拍馬屁」。這個詞，大抵先自電視圈中開始流行，由於生動有趣，所以迅速流行。不過，到了近年來，擦鞋行為有擴大之勢，似乎並不那麼有趣了。

凡擦鞋行為之中，擦鞋者必有所得。在實際生活中，替人擦鞋，是一種職業，把光顧者的鞋子擦亮了，自然可以獲得一定的代價，天下沒有白擦的鞋。

在擦鞋被當作是一種警喻性的行為之時，擦鞋者，也必有所得，或意圖必有所得。換句話說，擦鞋者必有目的，被擦者自然也知道這一點，當然，視乎擦鞋者的擦鞋功夫，而定賞賜之厚薄，必不落空，於是，擦鞋者和被擦者，皆大歡喜。

自然，其間也有「擦錯鞋」，「用錯鞋油」等等情形，那純屬擦鞋者的技術問題，技巧不純熟，就難免出錯，不過那也不打緊，工多藝熟，自然必有擦到對方滿意之一日，這和「擦鞋者必有所圖」這個原則，並無矛盾。

只不過有時圖，未必得而已。

# 後腿

抽後腿的，不能認作朋友。

幾個人，為了一個目標，做一件事。做着做着，忽然其中有些人有「抽後腿」的行為，這種行為，顯然對幾個人在做的事不利，而抽後腿的又堅稱有這樣做的權利——當然是，任何人都有做任何事的權利，那麼，也不必緊張什麼，只是需要明白一點：這種抽後腿的人，絕不能把他再當作朋友，絕不能！

**能在這件事上抽後腿，必然也會在那件事上作同樣的事。**

絕不能把抽後腿者當朋友，道理十分簡單。抽後腿者，能在這件事上抽你的後腿，必然也會在另外的事上，做同樣的事。若以為現在被抽了後腿的只是一件小事，無關緊要，不加理會，也以為沒有什麼損失，仍然把那種人當作朋友，那就危險之極，因為小事上他抽後腿，日後，有大事，仍和這種人合作，他一樣會重施故技，會蒙受什麼損失，全然是未知數，十分可怕。

不把這種人當朋友，敬鬼神而遠之，自然可保平安。

# 疑惑

**有錢人很可憐，因為他擺脫不了對異性的疑惑。**

有錢人——不論是男人或女人，心態上有一種十分可憐的情形，針無兩頭利，這種可憐的心態，絕對是有錢人獨享，普通人不會有這種情形。

這種心態的可憐處在於：有錢人永遠擺脫不了對異性的疑惑——他或她，永遠無法弄清楚，口口聲聲說愛他或她的異性，是真正有愛情，還是只為了他或她的金錢，所以只好永遠疑惑。

這種疑惑很痛苦，也很可憐，由於無法證明——人類要了解別人，只能靠對方的語言或行動，而一個人真正的想法如何，另一個永遠無法知道。

有很多有錢人（不論男女），在人人都可以看得出聲稱有愛情的異性，只是為了金錢的時候，自己也心中有數，可是卻只好學鴕鳥一樣，把頭埋在沙裏，不敢也無法正視現實——一旦正視，連虛假的愛情也沒有了，而且，下一個，再下一個，誰又能肯定是為了什麼？

這種疑惑，導致的惡果是，本來明明是真有愛情的，也在疑惑中消失了。

有錢極好，但也有不好處。

# 下流

**欺凌弱小，十分下流。**

人是動物，凡動物，都有強凌弱，大欺小的天性，所以，人也不能避免。

或曰：蔬食動物，不會有這種天性，那是誤解，由於蔬食生物大都是弱小，屬於被強大的欺凌一類，所以看起來也就有點可憐兮兮，但當面對着更弱小者的時候，一樣兇狠得很者也。

欺凌弱小，在動物而言是天性，人雖然也是動物，但總經過教化，尤其在文明社會之中，沒有人會一點接受教化的機會也沒有，也就是說，心中都該明白，欺小凌弱，十分不該。

明知不該還要去做，這就十分下流。一個人，若是習慣欺凌弱小，這個人的人格，必然下流之甚，幾乎可以斷定，他的下流行為，不止欺凌弱小那麼簡單，可以進一步進十步進一百步！

古人有云：觀人於微。閣下身邊，若是有什麼人，喜歡欺凌弱小的，那麼，離他比較遠點，總比離他近要安全得多。

金玉良言，不可不信。

# 精彩

精彩的社會，精彩的女性。

一位知名度極高，才能超卓的女性，宣布懷孕，但是不宣布孩子的父親是誰。這女人至今獨身，所以，會是未婚媽媽。

事情成為轟動一時的新聞，在報章上，頗有些非議諷刺的「道德文章」，但女士不加理睬，非議的道學，也只好徒呼荷荷，而更多的文章，對女士的行為，表示諒解，讚揚。

這件事，本身極其精彩——只有在香港這樣精彩的社會中，這位女士才能有那樣精彩的行動。以中國人為主的社會，大肚，讚都不要讚，別說未婚懷孕，未婚而有性關係，已是乖乖不得了。在台灣，自然會惹來一片譴責聲，在新加坡，只怕也大是不妙，但在香港，可以我行我素，完全不受傳統道德的桎梏，真是樂何如之！

這位女士不但行為精彩，而且也十分有氣概。因為她本身才能超卓，別說養一個孩子，就算十個八個，也大有能力，她的孩子，將來必定出眾，這件事有社會學上的重大意義，比起第一個試管嬰兒有科學上的重大意義來，不遑多讓。

衷心祝福她和她的孩子。

# 第五輯

# 人生酒庫

# 人生酒庫

苦酒，何必喝完方休。

有一首歌，《人生酒庫》，歌詞極佳，本人許為一九八八年最佳歌詞，可惜不知填詞人是誰，忍不住要抄幾句：「時日是個極龐大的酒庫，人類自幼會做了它的客戶，紅男綠女任何日子都光顧……。」

整首歌，在感歎命運的無可抗議與安排的同時，又強調如何來適應命運的安排——好時光和壞時光一起接受，美酒或劣酒，都要喝。

文學藝術作品涉及命運的極多，態度也各有不同。低調者灰色認命，高調者要和命運對抗，這首歌的歌詞都說面對、接受，「都信灰色世界，亦可精彩」，大有積極精神，又不見空話，其可取之處在此。

把人生比作酒庫，也很新穎，酒庫中什麼酒都有，闖進酒庫的人，在打開一瓶酒、親自去喝這瓶酒之前，完全無法知道持在手中的是美酒還是劣酒，等到知道了，也已經喝下了肚，想要改變，也在所不能，就算是苦酒，也只好一口一口喝下去。

不過，總也有辦法的，對不對？喝到一定程度，總有辦法不喝下去的。

何必喝完方休呢？

# 快活

**醉生夢死，大是快活。**

忽然之間悟到了這句話，怔了半天，想了好一會，自己在問自己，問了很多次：可以這樣說嗎？醉生夢死，一直是貶詞，罵人醉生夢死，一直是十分嚴重的侮辱，輕視之極，被人視為醉生夢死的人，幾乎也和廢物是同義詞了，人生講究的應該是奮發進取，不斷上進，怎可以墮落到了認為醉生夢死是快樂呢？

《中文大辭典》釋「醉生夢死」一條：「謂人昏聵不明，自生至死如在醉夢中也。」這種解釋，很有問題，是經常在醉鄉中的人，未必一定「昏聵不明」，相反地，可能他十分聰明，正因為聰明之極，所以才長在醉鄉之中，領略「醉裏乾坤大，壺中日月長」的情趣。

若是勞碌一生，自然無法領略醉生的樂趣，而可以醉生，自然也大有享受閒情的樂趣，自然是十分快活的生活。

人總難免一死，若是能死在夢中豈非是好福氣之最了？總不成是清醒着死才好！

醉生夢死的相反是清醒。清醒，是很痛苦的，能醉生夢死好得多了！

# 生死

**醉生夢死，着重在醉和夢，生死餘事耳。**

日前，忽然悟到了醉生夢死的生活，大是快樂，已經發揮了一下。又忽然悟到，「醉生夢死」這詞，重要的是醉，是夢，不是生或死。

生死，看來是大事，可是一點也不稀罕，只要是人，都有生，生下來之後，就是每分每秒走向死亡，人人都不能例外，生命歷程的為時久或暫，各有不同，但是沒有一個人可以例外。生命的形式，十分奇怪，生是為了達到死，彷彿死就是生的目的，不知道既然必死，又何必生？當真是撲朔迷離之至，古今中外，可見的將來，不論是聖賢大哲，或是無知之徒，都無法解答這個謎。

生死既然人人皆有，無足輕重，沒有什麼好說的，可是醉或夢就大不相同，雖然許多人都有醉的經驗，可是能有多少人是一年三百六十日，都在醉鄉裏的？甚至有的人，一生滴酒不沾，那更享受不到醉的樂趣了！

夢雖然也幾乎人人皆有，但若每晚都能陶醉在美夢之中，自然也是大樂事。

短暫人生，豈不應該盡量追求快樂？

# 美夢

**生命如果在美夢之中結束，並不悲慘。**

每一個人都有美夢，窮人夢想發財，醜人夢想變俊，等等，夢想有的有十分複雜的內容，有的十分簡單，小孩子夢想可以把零食當飯吃是簡單，舞女想被億萬富翁看中就比較複雜。

在通常的情形下，人很少會把自己的美夢詳細告訴別人，都只放在心中，慢慢享受，仔細地翻來覆去地想，在夢想之中，得到無窮樂趣，有不少人，若是不讓他們有美夢，簡直就活不下去，因為咀嚼美夢，實在有無窮樂趣。

人在有美夢時，沉浸在夢中，當然不會想到夢會有醒的時候——理論上來說，所有的夢都會醒，遲或早而已。可是實際上，有一種情形，可以逃過夢醒的噩運，那種情形是：夢還沒有醒，生命就結束了！

一般來說，生命的結束，不論是什麼形式，都被認作是悲慘的事，但事實上，生命如果能在夢醒之前結束，並不悲慘，生命是遲早會結束的，結束在美夢之中，自然比結束在夢醒之後好。

美夢突然消失，從美夢中醒過來，是一件可怕之極的事。

可怕之極！真的可怕之極！

# 損失

**本來就什麼也沒有，所以任何損失都不必難過。**

寫下了這句話之後，忽然發現這句話十分矛盾。矛盾的是「損失」這個詞。既然本來什麼都沒有，何來損，何由失？可是一時之間，又找不到別的詞來替代，所以從俗。

這句話，是知易行難的典型。

人人都知道，每一個人來到世上，除了極少數極少數的例子之外，都是赤條條來，什麼也沒有的。一切的所有，都是後來慢慢累積起來的，本來是什麼都沒有。

從什麼都沒有，到有了一些（或很多），又損失了一些（或很多），算起來，還是一點沒有損失，至多仍然是什麼都沒有，也已過了那麼多日子，總是白賺的了，還有什麼好傷心難過的！

道理十分淺顯，一說就明，但真正有了損失時，十停之中有九停九的人還是一樣要難過，不論是物質上的損失，愛情上的損失，親情上的損失，都會叫人難過傷心，而忘了這一切本來就是沒有的。

能在十秒鐘之內，舉出兩個一出生就有東西帶來的人嗎？

# 糊塗

## 糊塗比清醒精明快樂得多

板橋先生的「難得糊塗」名句，大家都很熟悉，但是真能做到凡事都自然糊塗的人，實在少之又少，大多數人，都來不及在各種事情上表現自己的聰明才智，保持清醒頭腦，以求把什麼事情都弄得清清楚楚，結果自然也可以如願以償，把人生弄得痛苦不堪。

自然糊塗是天生的性格形成的，學也學不來。天生糊塗的人，叫他清醒，也不會清醒。所以，那和刻意的糊塗不同。

刻意的糊塗，只有真正極聰明的人才做得到，困難之至，而且大多數的情形之下，會半途而廢，結果就陷入更深的苦痛之中。

糊塗和清醒最大的分別是，糊塗根本不理會四周發生了什麼事，把一切都不放在心上，不斤斤計較得失，得了高興，失了也不難過。

清醒是什麼都算得清楚，一絲一毫不能差，千斤百石當然更不能錯。

那多痛苦！

能糊塗就糊塗點吧，會快樂許多！

# 冷眼

**人生於世，很難真正置身事外、冷眼旁觀。**

人生於世，若不是故意安排，很難真正置身事外、冷眼旁觀。每一個人，一生營營役役，許許多多事，看來和自己沒有什麼直接的關係，可是實際上，牽絲攀藤，不知道有多少無形的連結網，把人的一生，網在一張難以撞破的網之中。

能真正置身事外、冷眼旁觀，極其有趣。然而，就算是刻意安排，也未必真的可以冷眼旁觀，必須具備真正的「冷眼」，也就是對於看到的一切，都冷然處之，根本一點也不關心。

要做到這一點，真正有修養的人，自然可以藉養氣之道，來摒住雜念，達到抱元守一，對四周圍一切都再不關心的境地，但是要到那境界，談何容易？做得到的，已近乎超凡入聖了，不是普通人能達到的。

普通人，可以依靠藥物的幫助，例如適量的酒，就可以令人在突然之間，進入具有冷眼的境界，於是，就可以完全置身事外，來看周遭發生的一切事。

然而，冷眼能維持多久呢？人畢竟是群體生活的生物，不一會，冷眼消失，自然又事事關心，不能擺脫了。

# 變化

## 什麼都每分每秒在變化

「五十年不變」成為流行語，這句話其實根本無法成立，不論是什麼現象，也不論是什麼物質，每分每秒都在變化，莫說絕無可能五十年不變，連五分鐘不變也無可能，諸如此類的承諾，可以一概視為謊言。

有一句有關愛情的名句：「我愛你多於昨天，少於明天。」看起來，所謂恆久不變的愛情，當然也在變，變得愈來愈濃，愈來愈烈。

男女間的愛情，自然是變化最多端的，忽然來了，忽然去了，這是什麼原因都不知道——很多時候，別說旁觀者莫名其妙，連當事人也不明所以，真的，說不出，講不清，想起來也是混沌一片。怎麼一回事呢？沒有答案，就是那麼一回事！

或許，就是各種各樣的千變萬化，點綴了人生，才使人生不論是悲也好，歡也好，離也好，合也好，都多姿多采，可以使身在這種變化中的人，盡量享受變化帶來的歡樂，或大口吞下變化帶來的痛苦。

連整個宇宙、銀河系、太陽系，都是從變化中產生的，那麼渺小的人的一生，想避開變化，怎麼可能！

# 形狀

## 形狀變得最快的是人

什麼東西，形狀都會變。

海會枯，石會爛——喜馬拉雅山頂上發現大量海洋生物的化石，由於那裏原來是海底，海不但枯了，而且還變成了山頂。

當然，海枯、石爛，需要許多年，數以億計，一億年，兩億年，什麼新生代、白堊紀，都十分悠久。如果問在短短幾十年之間，什麼東西的形狀變得最快、最厲害，我的答案是人！

人變得最快，快得驚人。

別說從嬰兒算到老了，從初生的嬰兒到一個英姿煥發的青年，或亭亭玉立的女郎，一般來說，不會超過二十年，變化已經很大。就算是城市人，已經定了型的，變起來，也快得驚人，時間不知不覺間過去，忽然又見面了，哎呀，多少年不見了？十多年了吧！原來熟悉的人，變成了陌生人，沒有變的只是名字，而這個名字和那個形狀，都再也連結不起來了！

每天照鏡子，一天又一天，不覺得自己變，只要積累上幾千天，就可以知道，變得多麼厲害。

而令人傷心欲絕的是，人必然愈變愈難看！

# 哀傷

**哀傷，其實並不是被時間沖淡，而是被時間深埋。**

理論說，再大的哀傷，也會被時間沖淡。但實際情形是不是如此，只有真正有過哀傷的人才知道。

哀傷，其實並不是被時間沖淡，而是被時間深埋，時間過得愈久，埋得愈深。有時，深得再也發掘不出來了，可是那並不表示它不再存在，說不定在什麼時候，就會冒出來一下子，把人刺得鮮血淋漓，然後，又再躲進極深的深處，絕不會消失。

愈是巨大的哀傷，愈是不會因時間而消失，會被時間沖淡的，其實並不是哀傷，真正的傷痛，並不號啕痛哭，也不呼天搶地。能叫人在外表上看起來哀傷的，其實是哀傷中的次級，不是頂級的。

人忍受哀傷的程度，有一個極限，超過了這個極限，人腦再無法承受哀傷，腦部活動就產生變異，自動拒絕再進行正常的運作，到這時候，人就成了瘋子。

瘋子是不是會再感到哀傷呢？這個問題，自然只有瘋子才能回答，而瘋子是不能回答什麼的，所以，這個問題也就永遠沒有答案。

能使人變瘋子的哀傷，自然是頂級的。

# 心肝

**憂來其如何，淒愴摧心肝。**

中國人的語言之中，「心肝」往往和「寶貝」連在一起，心肝寶貝，是許多文學作品中對自己所愛者的稱呼，再着緊一點，還要複雜，稱之為「心肝寶貝肉兒」，等等。

（恬妮有一個可愛的女兒，恬妮就直接稱之為心肝。）

若硬要比較，心肝自然比寶貝更重要，人不能沒有心肝，卻可以沒有寶貝。

在現代醫學的基礎上，心或肝，都不會有感覺的。可是當憂愁侵襲時，當悲愴降臨時，當痛苦產生時，當絕望到來時，人身體的心和肝所在的部位，卻又真的會感到一陣陣的抽搐，一陣陣的傷痛，那是一種實實在在的感覺，絕不是抽象的描寫。

而把親愛的人稱為「心肝」，雖然在別人聽來會覺得很肉麻，但是人經歷過失去被稱為心肝的人之後，就會體會到那種如同失去心、失去肝的痛楚——當然不是真的失去了心肝，可是在感覺上，相去也就不會太遠。

心肝，是語言中十分生動的一個詞，任何人一生之中，必然會至少有一個人可以被稱為心肝的，就像正常的人，一生下來，就必然有心有肝一樣！

# 快樂時光

**當人需要酒精時，大抵都不會快樂。**

常有泡在酒吧中的時候——有過這種經驗的人都知道，同樣的一杯酒，自己買了來調，十分容易，如威士忌加冰、伏特加湯力等等，價錢大抵只是酒吧中的五分之一，或者更低。可是同樣的一杯酒，自己調來喝，和坐在酒吧的高腳凳前喝，味道確是大不相同。

酒吧的營業時間中，有「快樂時光」之設，多數是在黃昏，收費較低，或買一送一，這一段時間，顧客自然也比較多。「快樂時光」的名稱相當誘人，可是光顧者，當然不可能必然快樂，而有機會去看看的話，還是不快樂的多，幾個人正在高聲笑談的，也很容易在他們的笑聲中看出落寞來。而如果是單身的酒客，眉心打着結，一口一口呷着酒，更可以看出他喝的酒不論是什麼種類，名稱都劃一：苦酒。

不少人誤會在酒吧中很容易兜搭陌生人，其實並不，單身客人，大都只是各喝各的，至多和酒保略為說上幾句，相互之間，並不理睬的情形居多。或許是由於香港的生活方式，或許，由於中國人的拘束。

酒吧之中，任何時光都是一樣的——當人需要酒精時，大抵都不會快樂到哪裏去。

# 憔悴

## 何必去捕捉他人心情的憔悴呢？

杜甫詩：「冠蓋滿京華，斯人獨憔悴。」在憔悴之上，用了一個「獨」字，此杜甫之所以為杜甫。

憔悴是一種孤獨的感受，當冠蓋滿京華的時候，有一個人在憔悴，別人甚至可能根本不知道，只有他自己才知道自己的心境，而這種孤獨感受，由於必然是獨自產生的，所以也無法和人分擔。

當憔悴降臨到一個人身上的時候，這個人的外形可能一點變化也沒有，一點也叫人看不出他正在憔悴，相反地，可能他還在談笑風生，神采飛揚，看起來，和其他人絕無二致。

當然，已經明白了，所說的憔悴，是指心理上的憔悴，而不是外形上的，外表的憔悴，很容易看出來的，內在的，只要當事人不說，誰能知道？而當事人是必然不會說的，當心中憔悴時，唯恐別人知道，怎麼會講給別人聽？

他人要怎樣才能察覺呢？或許他在酒後，眼神之中會閃過一絲落寞，可以捕捉得到。

但何必去捕捉他人心情的憔悴呢？是孤獨的一種感受，就讓他去獨自感受好了。

# 旅人

## 旅人情懷最寂寥

有一種植物，叫「旅人木」。這種植物的外形，相當奇特，它很高大，像是棕櫚樹，可是所有的枝和葉，都呈平面形生長，若是把它栽種在一堵高牆之前，它看起來，就像是一柄巨大的、排在牆上的扇子。至於這種植物何以會有這個名稱，不可查考。

「旅人木」三字，相當浪漫。使人感到寂寥、惆悵、失落、浪漫的，自然還是「旅人」這兩個字。旅人，就是流失在故鄉以外的人，而故鄉又代表了父母子女家庭、穩定的生活、溫馨的親情、固定的年代日月，等等等等，這一切，都是旅人所沒有的，所以，旅人的情懷，也就格外寂寥，而且，這點無從訴說——四周圍全是陌生人，向誰去訴說？

「獨在異鄉為異客」，寫的就是這種寂寞情懷，而這種情懷，或許只有在夢中，才可以排遣——「夢裏不知身是客」！

如果有確定的歸期，那麼心境自然大不相同，不過嚴格來說，有確定歸期的，又怎麼能稱為旅人呢？

旅人，是無歸期的。

明白了旅人情懷何以寂寥了吧！

# 淪落

未必不快樂

淪落了！

那總是使人嘆息搖頭的事。一般來說，人的淪落，是指人的社會地位的變化，是一種在通俗觀念之中，由上而下的地位變化。

例如說，一個教師，變成了碼頭工人，或者一個文員，變成了街頭流浪漢，等等。

又例如，一個良家婦女，變成了風月場所中的求生者，本來是凜然不可侵犯的，變成了只要有人出錢，就要獻出自己肉體的出賣者，等等。

那都是通俗觀念中的淪落。一個人，不論男女，淪落了，總有千百種原因，但其實，原因只有一種，那就是這個人要活下去。

在旁觀者看來，淪落的人，都很可憐，都很叫人同情，但是對淪落者本身來說，淪落並不一定是大痛苦或小痛苦，淪落未必是不快樂。

看看如今社會上的情形，多少女郎可以不淪落而活下去的，但是數以萬計的女郎都十分甘心於淪落。

她們不快樂嗎？未必！

# 記憶

## 連金屬都有，人怎會沒有？

有一種金屬，在鑄造成為某種形狀之後，只要在同樣的溫度之下，就算把它的形狀改變，也會恢復原狀，因為在鑄造的過程之中，已輸入了記憶。

連金屬都可以有記憶，人自然更有。事實上，人如果沒有記憶，就沒有了朋友，沒有記憶，就沒有知識——所有的知識，都是記憶不斷累積而來的。

在人的感情生活之中，記憶更佔了十分重要的地位，不論事情多麼久遠，會忽然想起來，就如同事情才發生一樣。

不知是哪一年的春天，在細雨綿綿之中，曾經相擁着喃喃細語。不論過去多久，又遇上個細雨綿綿的天氣，就會有時光倒流的感覺。

特定的環境、特定的聲音、特定的顏色，等等，都能刺激起一些記憶來。

記憶是苦是甜，是酸是辣，那純粹是個人的事，任何人在回憶時，都立即可以界定心頭是什麼滋味，如魚飲水，冷暖自知。

大多數的情形是，長歎一聲，悵惘不已。

因為只有記憶了！

# 光榮

能夠成為紀錄的創造者，就是光榮。

任何人能成為紀錄的創造者，已經是光榮。就算他的這個紀錄，一下子被別人打破了，曾經創造紀錄者，仍然保持了光榮，其成就無人可以抹殺。

紀錄會被不斷打破，人類奔跑的速度，在一百公尺突破十一秒的時候，突破者是一個偉大的紀錄創造者。等到突破十秒之後，突破十秒的人，自然是另一個偉大的紀錄創造者，但是突破了十一秒的那個，他偉大的紀錄創造者的身分不變。

在體育界的情形這樣，在任何環境中，都應該是這樣，有些圈子，特別勢利（那是人之常情，不必非議），例如娛樂圈，曾經紅極一時的人物，可能若干年後，完全無人理睬，也有可能如今無人理睬的人，當年曾是許多項紀錄的創造者。

就是這句話：任何人曾創造紀錄，就是光榮，他的紀錄就算一再被人打破，但在他創造紀錄的時候，自有他的光輝在。

不然，他也不能成為紀錄的創造者了！

# 倪匡經典散文精選集2　倪匡說三道四　人間

作者：倪匡
書名題簽：蔡瀾
責任編輯：葉秋弦
協力：蔡嘉濠、許雅茵
美術設計：簡雋盈
出版：明窗出版社
發行：明報出版社有限公司
香港柴灣嘉業街 18 號
明報工業中心 A 座 15 樓
電話：2595 3215
傳真：2898 2646
網址：http://books.mingpao.com/
電子郵箱：mpp@mingpao.com
版次：二〇二一年七月初版
ISBN：978-988-8688-04-3
承印：美雅印刷製本有限公司

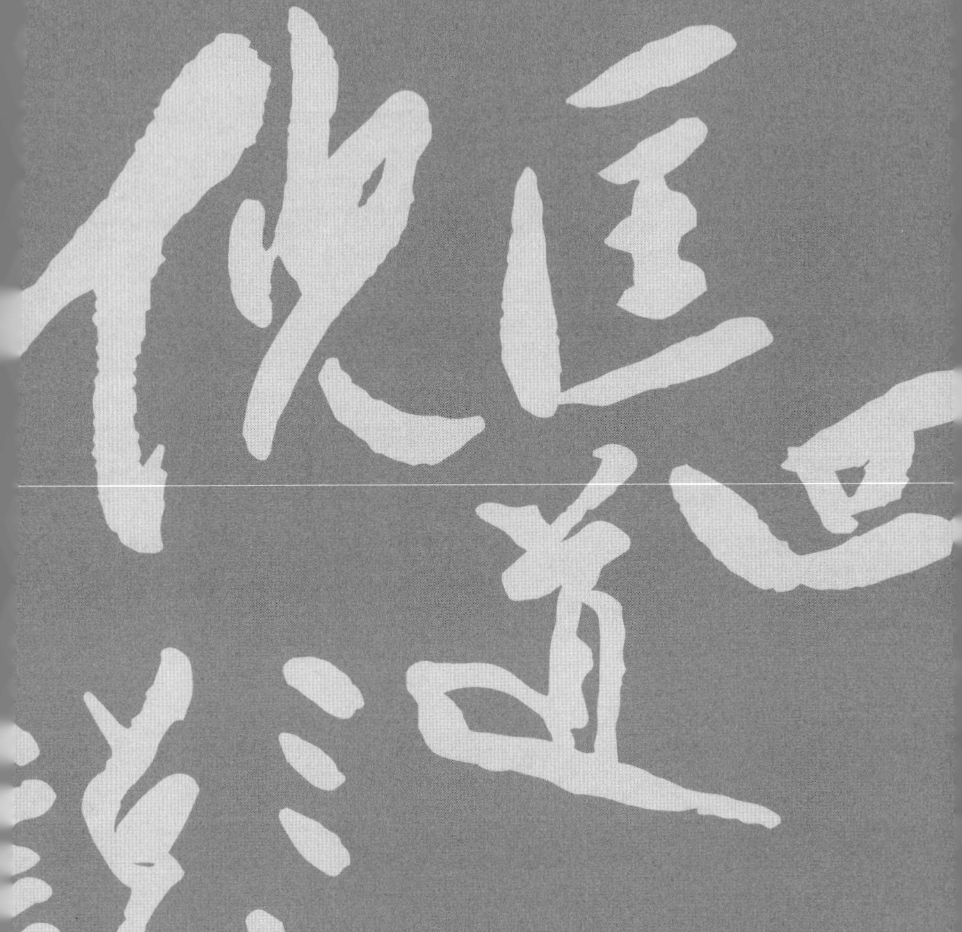